恋愛アンソロジー

Friends

安達千夏
江國香織
倉本由布
島村洋子
下川香苗
谷村志穂
前川麻子
唯川　恵
横森理香

祥伝社文庫

目次

江國香織　ザーサイの思い出　7
谷村志穂　青い空のダイブ　25
島村洋子　ＫＩＳＳ　53
下川香苗　迷い蝶《ちょう》　79
前川麻子　恋する、ふたり　119

安達千夏　鳥籠の戸は開いています　151
倉本由布　恋愛小説を私に　179
横森理香　Ｃｈｏｃｏｌａｔｅ　209
唯川　恵　彼女の躓《つまず》き　239

ザーサイの思い出

江國香織

江國香織（えくに・かおり）
東京都生まれ。１９８７年、「草之丞の話」で花いちもんめ童話大賞を、'89年、「４０９ラドクリフ」でフェミナ賞を受賞。以後、「こうばしい日々」で産経児童出版文化賞、坪田譲治文学賞を、『泳ぐのに、安全でも適切でもありません』で山本周五郎賞を、『号泣する準備はできていた』で直木賞をそれぞれ受賞。著書に『冷静と情熱のあいだ Ｒｏｓｓｏ』『東京タワー』『間宮兄弟』『赤い長靴』などがある。

私と美雪《みゆき》は姉妹で、たぶん、仲がいい。どうして「たぶん」なのかといえば、ほんとうのところ美雪が私をどう思っているのか、いまに至るまでこわくて訊《き》けずにいるからだ。

私の父親が美雪の母親と再婚したとき、私は二十一の軽薄な大学生で、美雪は十七の不良高校生だった。一九八〇年代のことだ。若い娘は高慢か軽薄か、不良か野暮《やぼ》かのどれかでいるよりなかった。

再婚とはいっても、美雪の母親はずっと私の父親の愛人だったので、私の父親が、美雪にとっても生れたときから唯一無二の父親だったのだ。

とはいえ、私にしてみれば、毎朝出勤する父親のベンツに乗せてもらって学校に行くのがあたり前だった生活から、エントランスに無駄な噴水のあるばかげたマンション――その噴水は夏になると蚊《か》がわいて、水が臭《くさ》くて迷惑だった――での母親との二人暮らしへ、突然の変化を余儀なくされて、衝撃と不快をいっぺんに味わった。

その後私たちの父親は、美雪の母親とも離婚した。現在私は私の男と暮らしていて、美雪は美雪の母親と暮らしている。おもしろいなと思うのは、私の母親も美雪の母親も疾《とう》に見限って、頼まれても会いたくないと言っている男＝私たちの父親を、私も美雪も嫌いじゃないということだ。

三人でしばしば会うし、最近では父親の恋愛相談にも乗ってあげている。父親は行きつけの銀座のバーで、私たちを両側に坐らせ、肩に腕をまわして嬉《うれ》しそうにしている。わびしい一人暮らしの身の上のくせに。

「お前たちが仲よくなってくれてなにより、だよ」

酔払うと、父親はきまってそう言う。

「俺は昔無茶苦茶をしたけど、お前たちがいい子に育ってくれたから、それだけでいいよ」

私たちは顔を見合わせて微笑《ほほえ》み合う。悪びれることなく、

「そのとおりね」
と、言う。すくなくとも、私たちはどちらも仕事を持ち、恋人がいて、それなりに幸福にやっている。もはや軽薄でも不良でもないし、父親もただの善良な酔払いになった。八〇年代は、終ったのだ。

はじめて会った日から、美雪は私を「おねえさん」と呼んだ。そこには無論《むろん》、何の親しみもこめられていなかったし、何のためらいもなく度々《たびたび》口にされるその言葉は、美雪の大人びた顔立ちや巧妙な化粧の印象と共に私を驚かせ、苛立《いらだ》たせた。しかしそれは、挑発的ではあっても憎悪《ぞうお》ではなかった。ある種の痛々しさを、感じたように思う。

美雪が不良であることは、一目見てわかった。いまと違って、当時の不良は薄い鞄《かばん》を持ち、制服のスカートをひきずるほど長くしていたからだ。長い髪で顔を半分隠し、ぽってりした唇に口紅を塗り、笑うと損をするとでもいうように、不機嫌な表情をしていたからだ。
「おねえさん」

いかにも不良らしいひそやかな微笑を浮かべて美雪は言い、そのたびに彼女に値踏みされているような気が、私はした。

「美雪ちゃん」

私は私で精一杯虚勢を張り、いかにも軽薄な大学生らしく、安手のオーデコロンをふりかけたみたいなまがいものの甘さで、年上ぶって彼女をそう呼んだ。小動物でも呼ぶみたいに。

姉妹なのだから住む場所は違っても仲よくするように、という、父親の身勝手な発言に従ったわけではないだろうが、美雪はその日から私に時々電話をかけてきては、

「おねえさん、元気？」

と言ったり、

「遊ぼう」

と言ったりした。

私は滅多《めった》に一緒に遊ばなかった。大学の友達や高校時代の友達や、ボーイフレンドと遊ぶだけで手一杯だった。派手な遊び方をしていた。毎週のようにディスコでダンスパーティがあったし、カフェバーとかプールバーとか呼ばれる場所での、気どった

合コンにも鋭意参加した。夏は海に、冬は山に行った。イヴェントはいくらでもあった。バーベキューとか、テニス大会とか。友人たちの両親の所有する別荘めぐり、をしたこともある。そして、大人数でのそれらの賑《にぎ》やかな集まりのあとは、たいていボーイフレンドと二人きりになって、埠頭《ふとう》を散歩したりバーから夜景を眺《なが》めたり、べらべらしたゴムののれんを車でくぐって、ラブホテルに飛び込んだりしていた。

美雪はといえば、全然違う遊び方をしていたようだ。朝まで陰気な喫茶店にいたり、変り者の友達の家で「水パイプ」というものを喫《す》ったり、フォークをふりかざしたり生肉をぶつけあったりする類《たぐい》のライブハウスに出入りしたり、路上でくりひろげられるオートバイや改造自動車のレースに声援を送ったり、そのようなことだ。

私には、私たちが仲良くなる道理はないように思えた。美雪が私に度々電話をかけてくるのは、いやがらせの一種かもしれないとさえ、思っていた。

そんなふうだった私たちの関係を、変えるきっかけになった出来事がある。私たちはそれを、「ザーサイの思い出」と呼んでいる。

私と美雪が知り合った年の、秋のことだ。私は女子大の卒業を前に、当時のボーイフレンドと二人でイギリスに旅行をした。田園地帯のB&Bばかりを選んでの、八日ほどの旅だった。卒業旅行、という例のくだらない習慣が、隆盛《りゅうせい》をきわめていたころだ。

その旅行に、美雪がついてきてしまったのだ。正確にいえばついてきたわけではない。追ってきたのだ。男づれで。

あたしもイギリスに行きたい、とせがまれて、すぐに許可してお金をだしてしまう父親も父親だが、知り合ったばかりの姉の旅行先に、いきなり現れる美雪の行動力も行動力だ、と、私は半《なか》ば憤慨《ふんがい》し、半ばあきれた。しかも、あとになってわかったことだが、彼女はビジネスクラスの飛行機に乗り、「安全だから」と父親の予約した、高級ホテルに泊っていた。

私とボーイフレンドは、どちらも比較的裕福な家のすねかじりではあったが、美雪に比べれば、無論、貧乏な旅人だった。なにしろあのころ刊行され始めたばかりの、若者向けガイドブックを手に、「安い」とか「親切」とかの情報を信じて旅をしていたのだ。

コッツウォルドという村で、美雪は私たちに追いついた。垢抜《あかぬ》けない学生風の、男を三人ひきつれていた。
「おねえさん！」
見渡す限り茶色と緑、草木におおわれたなだらかな丘陵地帯の、バス停に立ってい
るときに声をかけられた。私は耳を疑った。よく晴れた日で、まるで風がなく、近く
のティールームから、焼き菓子の甘い匂いがしていた。
「来ちゃった」
駆け寄ってきた美雪は、幼い子供のように見えた。私のボーイフレンドにぺこりと
会釈《えしゃく》をし、周りを見まわして、
「いいところね」
と、言った。
「イギリスって、一度来てみたかったの」
と。やや離れた場所に木偶《でく》のようにつっ立っている三人の男の子については、ロン
ドンで知り合った、とだけ説明した。揃《そろ》ってバックパックを背負い、三人のうち二人
が、私たちとおなじガイドブックを手にしていた。
ともかくお茶をのもう、ということになり、すぐ脇の、窓と入口から甘ったるい匂

いをふんだんに流出させている店に入った。この地方の建物はすべてそうなのだが、「はちみつ色」の砂岩でできた、素朴《そぼく》でかわいらしい建物だった。

美雪以外の全員が、何を話していいのかわからずに黙しがちだった。どっしりとした木のテーブルに、人数分のお茶とスコーンが並んだ。その場所で、私は三人の男の子たちの名前や大学名、出身地だの学部だのを聞いたはずなのだが、いまでは思いだすことができない。ただ、三人とも卒業旅行で、一年間のオープンチケット――旅はせいぜい一カ月の予定だが、一年オープンの方が安かったのだ、と、三人は口を揃えた――で来ているということ、三人のうち二人はそもそも一緒だったのだが、もう一人は一人旅だったこと、空港の入国手続きの列にならんでいるうちに、美雪も含めた四人でなんとなく意気投合し、心細いのでしばらく一緒に行動しようということになったのだ、ということ、は憶《おぼ》えている。結局のところ、私たちのうちの誰一人として旅馴《な》れてはいなかったし、英語にも少しも自信がなかった。

この、思いもよらない成りゆきに、私はすっかり困惑した。頬杖《ほおづえ》をつき、窓の外ばかり眺めていた。しかしこの店でのんだ紅茶は、他のいつどこでのんだ紅茶よりも濃く熱く香り高くおいしく、それがここの茶器――気どった白磁ではなくて、ぽってりとまるく厚ぼったい陶器——と関係があったのだと後年気づき、父親のコネでそのときすでに決まっていた就職先の企業を二年で辞め、私は現在の会社——陶器の食器および花器を窯元《かまもと》から買いつけて売る会社——に転職することになるわけだが、それはまだ先の話だ。

美雪の姉である私でさえ困惑しているのだから、私のボーイフレンドはさぞや迷惑だろう、と思ったが、同年代の同性の、同国人の仲間がふいに現れて、まんざらでもなさそうな顔をしていた。日本を発《た》ってほんの数日だというのに、ニホンシリーズどうなったかなあ、と、一年も祖国の土を踏んでいない男たちみたいな顔で、しみじみつぶやいたりしていた。

それから四日間、私たちは一緒に旅をした。コッツウォルドからチッピングカムデンへ、チッピングカムデンからヘンリーへ。どこの町にも一晩しか泊らず、ひたすら長閑《のどか》な景色を眺め、一日の中心行事のように夕食を摂《と》り、時刻表と首っぴきでバスや列車に乗った。その間、美雪は荷物のほとんどをロンドンの高級ホテルに置きっぱなしで、私はTシャツやら靴下やら貸すはめになった。

「B&Bってかわいいんだねえ」

嬉しそうに、美雪は何度もそう言った。

旅は奇妙なぐあいだった。楽しいとも、楽しくないとも言えない感じがした。みんな何の目的もなくそこにいたし、互いに話すこともなかった。それでも見るものすべてが珍《めずら》しく、ヘンリーの町で夕暮れにレガッタレースの練習にいきあわせたときなどは、揃って理由もなく高揚し、ボートを追って川べりを走ったりした。

最後の晩に、ロンドンに戻った。翌日、私とボーイフレンドと美雪は東京に帰り、男の子たち三人は、アイルランドだかスコットランドだかへ向かう、という夜だった。中華料理を食べようということになり、ロンドンの街中の、小さな中華料理店に入った。うす暗くじめっとした、あまり流行《はや》っていないように見える店だった。従業員はみな中国人で、礼儀正しい感じがした。

丸いテーブルを、私たちは六人で囲んだ。おなじ顔ぶれで、それまでの四日間も食事をしていたが、この日はそれまでと違うことが起こった。私のボーイフレンドも含めた男の子四人が、嬉々としてメニューをひらき、それぞれが注文したいものについて、精力的かつ情熱的に意見を述べたのだ。

餃子《ギョーザ》、酢豚《すぶた》、エビチリ、チャーハン、ホットアンドサワースープ、麻婆豆腐《マーボーどうふ》、肉だんご、つゆそば、レモンチキン、チンジャオロースー。

意見ははてしなくかわされ、とてもまとまりそうになかった。彼らはメニューを見ているだけで食べているみたいに嬉しそうで、普段のおとなしさとは打って変って、笑みを含んだ耳障《ざわ》りな大きな声で、「うおー、酢豚」とか「ぐわー、エビチリ」とか、いつまでも連発していた。店員がオーダーをとりにきても気づきさえしない始末だった。私と美雪は顔を見合わせ、それから店員に肩をすくめてみせた。白いシャツに黒いスラックス、という制服を着た、細面《ほそおもて》で色白のその中国人青年店員は、曖昧《あいまい》に微笑んで肩をすくめ返し、手ぶりで、まあゆっくりやって下さい、と伝えて寄越した。いいウェイターだったねと、いまも美雪とときどき話す。

その夜の彼らの盛り上がり方は、実際おどろくべきものだった。料理が一つ運ばれてくるたびに歓声を上げたり拍手をしたりした。ビールと紹興酒《しょうこうしゅ》をどんどん飲み、舌もなめらかになり、大声で話したり笑ったりした。

男の子の一人が、ガールフレンドの写真を見せてくれたりした。来年就職する予定の会社の話などもした。

この人たち喋《しゃべ》れるんじゃないの。

私は美雪に、目と眉《まゆ》だけでそう伝えた。

びっくりしちゃうね。あたしも知らなかった。

美雪はそんなふうに返した。

それまでの四日間、彼らは羊のようにおとなしかったのだ。いかにも居心地が悪そうにしていた。レストランでメニューをひらいても意見はないらしく、

「僕は何でもいいです」

と言ったり、

「適当に決めて下さい」

と言ったりした。

悪評高いイギリスの食事を、私と美雪は、でもかなり気に入った。塩とビネガーをふって食べる熱々のフィッシュアンドチップスとか、ゆでただけの新鮮な野菜とか、ソテーした巨大なひらめの切り身とか。

でも、男の子たちの口には合わなかったのだ。そういえば全然食べていなかった、ということに、私ははじめて思いあたった。

「来週から学校だあ」

紹興酒を舐《な》めながら美雪が言い、彼女がまだ高校生だということを、みんながやっと思いだしたみたいに。

テーブルがいちばんどよめいたのは、ザーサイとごはんが運ばれたときだ。

「うおお」

「だあっ」

「おーっ」

いっせいに男性が声を上げ、それがテーブルに置かれるさまを、息を呑んで見守った。さすがの礼儀正しいウェイターも、これには困惑を隠しきれず、苦笑というより、いっそ照れくさそうな笑顔になった。

ボウル状の器に山盛りになり、テーブルの中央にどんと置かれたそのザーサイを、男の子たちはたちまちたいらげた。私と美雪は、ほんのすこしずつしか食べなかった。

「あー、もっと食いてえ」

誰かが言い、たちまち他の三人が同意して、おかわりをもらうことになった。みんな、見るからにみちたりてくつろいでおり、愉快で陽気な心持ちになっていた。たった数日前に知り合って、たいして言葉もかわさずに行動を共にし、あしたには別の場所にいて、おそらく二度と会うことのない者同士とは、とても思えない親密さが、そのときその場所にたしかにあった。

「住所、聞いてもいいですか」

事実、誰かがそう言って、みんな自分の手帖《てちょう》を破いたり、箸《はし》袋の裏を使ったりして、住所や名前や電話番号を交換した。

やがて運ばれてきたザーサイを見て、全員が凍《こお》りついた。ウェイターが愉《たの》しそうにテーブルに置いたそれは、支那そば用のどんぶりに山盛りになっていたのだ。その夜の私たちの食欲に、よほど感銘をうけたのに違いない。

「俺、もう食えない」

そう言ったのが、ガールフレンドの写真を見せてくれた男の子だったことを憶えている。

「俺も」

たちまち三人が同意した。声にはため息がまざっていた。

私と美雪は、また目を合わせた。呆《あき》れ顔で、瞬間的に憤《いきどお》って。

「信じられない」

美雪が言った。何しろ、二杯目のザーサイにはまだ手もつけられていないのだ。

「どうしてそんなに弱っちいの」

美雪の言葉は、そのまま私の気持ちでもあった。それでもなお、男の子たちが口々に、

「でももうだめだ」

とつぶやくばかりだったので、私と美雪の二人きりで、その常軌《じょうき》を逸《いっ》した量のザーサイをたいらげた。むきになって。

「無理しない方がいいよ。お金はちゃんと払うんだから」

私の当時のボーイフレンドが、途中でなだめるように口をはさんだ。

正直なところ苦しかった。私も美雪もザーサイを特別好きなわけではなかったし、その店のそれが、特別おいしいわけでもなかったから。でも、私たちは二人とも、それを残すべきではないと思い定めていた。強く。

会計をすませておもてにでると、ロンドンの夜気は湿っていて、排気ガスと街路樹の匂いがした。このとき私は美雪を、かなりいい子だと思った。誇らしさに似た、気

持ちだった。

これが私たちの「ザーサイの思い出」だ。その後私はこのときのボーイフレンドと別れたし、三人の男の子たちとは会っていない。美雪は無事高校を卒業し、進学はせずに就職をした。未婚のまま子供を産み、立派に育てている。

美雪と私はときどき会って、買物をしたり映画をみたりする。父親とお酒をのむこともある。

「おねえさん、元気？」

しばらく会わずにいると、美雪はそう言って電話をかけてくる。彼女の発音する「おねえさん」という言葉は、あいかわらず不馴れな感じでぎこちない。でもそこに、挑発的な響きはない。

青い空のダイブ

谷村志穂

谷村志穂（たにむら・しほ）
札幌市生まれ。北海道大学農学部にて動物生態学を専攻する。小説を中心に、紀行、エッセイなどさまざまなジャンルで活躍し、近年、恋愛小説で大きな支持を得る。2003年、『海猫』で島清恋愛文学賞を受賞。同作は映画化され、文庫はベストセラーとなる。著書に『アイ・アム・ア・ウーマン』『雀』『白の月』など多数。

恋人同士でもない男と女のグループ旅行だなんて、いかにも嘘臭《うそくさ》くていやだなと私は思っていた。嘘と決めつけるのは行き過ぎかもしれないけれど、そのうち誰かは誰かに下心があり、でも恋人希望と申し出る勇気もないから、そうしてグループの隅《すみ》っこであわよくばとチャンスをうかがっている者たちの合同旅行なのだ。モテない男とモテない女で、もぞもぞ下心を抱えて旅に出る。そんなの最低だって思っていたくせに、私は今、こうしてまんまとハワイまでやって来た自分が信じられない。

ノースショアの、緑の芝の広がる小さな飛行場で、マックスと呼ばれるおじいさんが、さっきからボウル一杯のシーザースサラダを食べている。おじいさんなのに、腕は筋肉もりもりで、彼もその飛行場の片隅で若者たちに混じってチャンスをうかがっている。

「なあ、俺に飛ばせろって、さっきからマックスが言ってるよ」

「言ってるんじゃなくて、たぶんそう言ってると思う、でしょ？　あんた、英語なんて全然わかっていないじゃん」

「そのくらい、私だってわかるわよ」

「メニューを見て、Bacon《ベーコン》を、バコンって発音しちゃう人が？」

「ちょっと間違えちゃっただけでしょう。うるさいな」

このグループは男が三人、女が三人の計六人だ。今もけたたましくやり合っている厚化粧の女二人を含めて、私以外はみんな紺造《こんぞう》の大学のマスコミ研究会とかいう中途半端なサークルの仲間たちであるらしかった。

「おい、今日は高度5000メートルからだってよ。50秒はパラシュートなしのフリーフォールだって」

「50秒なんて、あっという間さ。別になんてこともないよ」

最初に大袈裟《おおげさ》な反応をしたのが、アナウンサー志望で研究会に在籍中という通称タツこと、山田達夫《やまだたつお》だった。

彼を受けてクールな相づちを打ったのが、報道希望の野村健二《のむらけんじ》だ。ここに来てすぐにわかったことは、どうやら女の一人は野村に熱を上げているらしい。今もシャツのボタンを深くあけて、ぴょろっと胸毛を覗《のぞ》かせている野村は、いわゆるフェロモン系男とでも言うのだろうか。どうだ、と言わんばかりの身のこなしが、私にはうざいように感じられるが、まあ頬《ほお》から顎《あご》にかけての鬚《ひげ》といい、ちょっとイタリア人みたいでもある。イタリア男を知っているわけでもないのだが。

そんな中に混じって、肌も白くて化粧もしない私が、何故《なぜ》ここへ来たか？　彼らと同じW大でもなく、マスコミ研究会に入るくらいなら盆栽研究会にでも入りたい私は、こう誘われたのだった。

「なあ未久《みく》、俺たちもう古いよな。たまには旅行なんて行ってみないか？」

誘った相手は、幼稚園からの幼馴染《おさななじ》みで、今も五軒先の垣根のある家に住んでいる吉本《よしもと》紺造だった。紺造の兄貴の名は紅造《べにぞう》で、そんな名前をつけた彼らのおじいちゃんは、近所では有名な染め職人だった。

確かに私たちは古い。その日はおじいちゃんの葬式で、顔を合わせた。おじいちゃんは、私のこともよくかわいがってくれたが、すでに九十歳の大往生で、私はそんな葬儀の場でさえやはり紺造に会えていることがうれしかった。紺造は黒いスーツを着て、出棺の時にちょっと泣いたが、あとは遺族として並び、みんなにきちんと頭を下げた。つまり、私はずっと紺造が好きなのだ、と思う。

なんてことだ！

もう幼稚園の時からずっとなのだから、十九年の人生の十六年、好きなままだ。なのに告白する勇気もない。あと一歩を進める勇気も、退《ひ》く勇気もないままにここノースショアまで来てしまった。

紺造は、子供の頃から全然変わっていない。無口で、ちょっと歯の噛み合わせが受け口気味で、それでも膝から下の脚がきれいに伸びていて、手も大きいのに指は細く繊細に動く。

「いいよ」と、私はその時答えた。死んだ紺造のおじいちゃんに手を合わせた。じいちゃん、ありがとう。やっとその時が来ました。ずっと待っていて、よかったです。

「なんかさ、サークル旅行、急に一人欠員でちゃってさ。女の欠員だから女友達をってことになったんだけど、なんかあんまり派手な奴でも困るしさ」と、だが紺造はつけ加えたのだった。

「欠員、ですか？」

「あ、そうです。すみません」

ご近所さんとしては、回覧板を回し合う時のような、そんな会話になった。

私は、急遽《きゅうきょ》こうして代金12万5000円を支払って、ハワイへやって来たのである。

ハワイでは男たちが交代でレンタカーのワゴン車を運転しているが、今日はサウスからここノースショアへやって来た。

本当はノースショアに集まるプロサーファーたちを見てみようということだったのだが、みんな寝坊して、早朝の時間をはずしてしまったこともあるし、今日は波もそう高くないというので、海にサーファーの姿はほとんどなかった。

パイナップル畑の赤土が流れ込むサウスの海は紫がかった色で、そんな海で波乗りしている人たちは、まだプロの全然手前ということらしかった。それでも、少なくとも私は、日本であんなに長く海の上に立っている人を見たことがなかった。波が違うのか、体が違うのか？　いやきっと、はじめから見ているものが違うんだろうな。波の向こうに見えているもの。高い空、抜けるように澄んだ空、波に弾かれて飛んで行きたい高さが違う……、なんてことを私が間抜けにもしみじみ考えていたら、タツが急にアナウンサー試験でも受けているかのように、ワゴン車の後ろのドアをあけて座り、ガイドブックを読み始めたのだ。

「〈ノースショアでは、有名なスカイダイビング、パラシュートジャンプも楽しめます。一人170ドルで、高度4、5000メートルからのタンデムダイブは、おそらくあなたの生涯の思い出になるでしょう〉だってよ。やろうよ、この思い出づくり」

思い出づくり、またしても最低な言葉だ、と私は思う。だいたいなんでそんなに高いお金を出して、怖い思いをしなくちゃいけないの?

「え、うそうそ、見せて」と、女の子たち。

今日は二人とも明るい色のタンクトップに、片方はショートパンツ、もう一人はサブリナパンツという似たような格好だ。私だけが、こんな晴天の下でジーンズにシャツを着込んでいる。

「どうせなら、何かの罰ゲームにしない? みんなで飛ぶんじゃなくて、誰か一人をまず飛ばせるの」と、サブリナパンツが言って、とにかくその飛行場まで走ってみようと、私たちは赤土のパイナップル畑のまん中を通り、やって来たのである。

のどかな飛行場だった。

手書きの看板を出した航空会社が二つ並んでいて、それぞれの会社のスタッフたちが、テラスのペンキ塗りをしたり、外に椅子を出して日なたぼっこをしていた。

ペンキが白かった方の会社の前で様子をうかがっていると、臍《へそ》だしルックの受付嬢が出て来て、説明を見るか？　と、声をかけてきた。

受付嬢までも含め、周囲をうろうろしているのは皆、日に焼けて筋肉隆々のスタッフたちだった。そこに、そう、シーザースサラダのマックスも混ざっていた。

「ちょっと待って」と、タツは私たちの方を振り返り、「まず、誰がやるのかを決めてからビデオも見ようぜ。こういう場合、スリルに大切なのは、具体性だからね」と言った。

「罰ゲームって言ってもな、こんな平和な俺たちには、これといった罪もなければ罰もない。そこが滑稽《こっけい》だね」と、野村健二はさらにもっともらしいことを言った。

下を向いて笑っていた紺造は、

「じゃ、行きますか。最初はグー、ジャンケン、ほら、話は簡単で行こうぜ」

「えー、うっそー、一人？　二人？」と、女その一、サブリナパンツは胸に両手をあてる。彼女はもしかしたら、紺造が好きなのだろうか、とその粘り気《け》のある視線の先が気になってしまう。それとも二人はすでに恋人同士なの？

「とりあえず飛ぶのは一人ってことで、だって罰なんでしょ」と、紺造はさらっと答えた。

うっそー、と叫びたかったのは私だ。こんな時、いつも勇敢にじゃんけんに負けてしまうのは、子供の頃から私なのだ。でも、今回だけは絶対にいやだ。空から飛び降りるなんて、考えただけでも息が止まりそうだ。エレベーターが十階以上に昇っていくだけでも、普段から相当顔面ブルーになるくらいなんだから。

ジャンケン、はい。

パー。

だが私は従順に手を出していた。しまったと、その瞬間思った。またパーを出した。〈最初はグー〉でいつも負けるパターンは、このパーだっていうのに。やっぱ、と怖々《こわごわ》目をあけると、チョキ、チョキ、チョキが並んでいる。ほらね、やっぱり。心臓が早鐘のように打ち出したその時、いた、もう一人パーを出している男、紺造だった。

なんで紺造なの？　と、彼を見上げた私の顔にはきっと書いてあった、と思う。紺造が負けても心配なだけではないか。でも私だってやりたくはない。どうしよう、と今にも緊張で内臓を吐き出しそうな顔をしているのに、紺造はただにやにやと私の顔を見ている。

「はい、じゃあもう一回、二人でね。最初はグー、ジャンケン」

その声につられて、私はまたパーを出した。

紺造の大きな手は、グーだった。

一瞬沈黙があり、サークル仲間たちは、ひゃーひゃーと声をあげて騒ぎ出した。

「紺造ちゃん、がんばって」と、タツ。

「後で見事なレポートを決めてもらいましょうか」と、野村健二。

「いやん、紺造」と、何故か女その二、ショートパンツ。

「いいの?」と、私が紺造に小声で聞くと、

「行くしかないでしょ、これは」と、彼は両腕を準備体操のように振って、掘建て小屋のようなその中に入っていった。私たちも続いた。みんなで、そのガイダンスのためのビデオを見た。

ふざけたようなビデオであった。

何しろいきなり救急車で運ばれていく失敗ダイブの例が映し出される。乗っていた白人客は、着地に失敗して、骨折したらしい。

そこで一度ビデオは止まり、それでもやるのなら、同意書にサインをしろ、ということのようだ。機材の不調以外は、心臓のトラブルや、失神など、何かがあっても、責任は一切問いませんという同意書のようである。

「ダイジョウブヨー、ボク　モ　コレ　ハジメテネ」と、インストラクターのバッジをつけたショートカットのマッチョな男が、冗談を言いながら、後ろから紺造の背中をぽんと叩いた。その時、マックスが一緒にやって来て、もう一度ぽんと叩いた。

「Trust me!」と、赤い親指を立てた。

うそ、この老人が一緒に飛ぶの？　と皆で顔を見合わせていたら、インストラクターが、人さし指を、ノーノーと振り捲《まく》った。

紺造は、考える間もなく、はいはい、という具合にその同意書にサインをした。続いて、説明ビデオを見た。小型飛行機で高度5000メートルまで上がる。飛び降りる時には、首を上にあげろ。下を見てはいけない。降りたら、体をエビゾリにしろ、というようなことを、ビデオの中のインストラクターが派手なジェスチャーで教えている。英語がわからなくたってわかる。

「エビゾーリ、エビゾーリ」と、マックスはまたやって来て、日本語で言った。

「OK?」と、インストラクター。

「OK」と、紺造も指を立て、手続きは終わったということらしかった。

私たちは、テラスのベンチに座ってみんなで待った。紺造は一人、体にベルトやら何やらをつけられて、もう一度エビゾリの練習などをさせられている。

マックスはそんな練習の様子を座ってじっと見ていたが、いきなり大きなボウルにシーザースサラダを埋めて、どこからともなくやって来て、落ち着きなく、歩きながら食べ始めたというわけである。

そう、話はここでようやく振り出しに戻る。

もう一度、言うなら、ここは縁あってノースショアの飛行場だ。今は紺造が空から落ちてくるのを待っている。

道路の向こうから土煙があがったと思ったら、他の白人の客もやって来た。掘建て小屋の中からマイクで呼び出しがあり、どこからともなくやって来たインストラクターは、黄色いショートパンツからはみ出た脚にたくさん砂をつけていた。きっと、浜辺で寝ていたのだろう。

マックスは、その時にも受け付けまで行って、また「俺にも飛ばせろ」と言ったらしい。

こんなめちゃくちゃな場所で、本当に大丈夫なのだろうか、と、その頃から私の心配はピークに達した。

「末久ちゃんは、紺造くんと幼馴染みなんでしょ？」と、自販機からみんなの分のミネラルウォーターを買ってきたサブリナパンツが聞いてきた。

「五軒先の家だから」と、私。

「あいつ、どんな子供時代？」と、タツ。

「あんまり変わんないみたい。でも、マスコミ研究会に入るなんて意外だったけど」

そうだ、紺造は一体マスコミなんかで何がやりたいんだろう。まだ本人に聞いていなかった。

「マスコミって言うより、紺造くん、戦地で子供とか助けたいんだってよ。今時いい奴なんだよね、紺造くん」と、サブリナパンツは両手で顎を支える。顎の尖《とが》った今流行りの顔で、彼女もやっぱりアナウンサー志望なのだろうか。

「そうなんですか」と、私は彼女の目の周りを囲ったマスカラに見入ってしまう。黒い林のようだ。すごいな、同じ年なのに。

「未久ちゃんは、サークル、何かやっているの?」と、フェロモン健二からはムスクのような香りも漂ってくる。

「園芸研究会です」

「うっそ、可愛《かわい》い!」と、ショートパンツが言ったので、

「はい、嘘です」と、私はつけ加えた。

「サークルは入っていなくて、家が寿司屋なので、手伝い部みたいなもんです」と答えた。

「大変ね」と、サブリナ。

「ほんと、偉いのね、未久ちゃん」と、ショートパンツが言い、女二人が頷きあったその様子は、別に嫌味でも、とってつけたようでもなかった。それより何だか近所のおばさんたちのように、私を包容力たっぷりに励《はげ》ましてくれていた。同性の私から見ても、好感度高いんだよな。

だから私も、もしかしたらライバルなのかもしれないサブリナに、少しだけ紺造の

ことを話したくなった。いや、自慢したかったのかな。

「紺造は、徒競走は速くて一番だけど、障害物競走になると急にビリになっちゃうっていうか、そういうタイプだった、かな」と、急に思い出したように言ってみた。

「ようし、紺造。お前はどうやら本来、運動神経はぱっとしないようだが、戦地の子供たちを助けるにはパラシュート落下は必須だぞ!」と、タツは急に立ち上がって大声をあげる。

「ねえ、そんな高いところから飛び降りる時、人って一体どんなこと考えるのかしらね」と、ショートパンツは水のついた唇をなめて言う。

「人生の大切な時間が走馬灯のように蘇《よみがえ》るんだとかって言うじゃない。あっ、それは死ぬ間際か」と、少し天然キャラのサブリナパンツが言う。

「がんばれー、紺造くん」と、ショートパンツも立ち上がる。

またしても、私の心臓が早鐘のように打ち出した。

あと五分程で、お迎えの車が紺造を乗せて滑走路まで行くと聞いている。

いいのだろうか、と私は思った。紺造一人をそんなおそろしい場所へ送っていいのだろうかとか、そんな義侠心を発揮したわけではなくて、また紺造と離ればなれになってしまっても私はそれでいいのだろうか、と思ったのだった。また私だけが、ここで取り残されていいのだろうか、と。

人生の大切な時が蘇る？　紺造の大切な時ってどんな時？　そこに私はいるの？　五軒先に、ずっと変わらず住んでいる、と思っていたはずの紺造は、実は戦地で子供を助けるなんてことを考えていた。しかもこうして、マスカラの林に囲まれた目を持つ、魅力的な女の子たちに励まされながら。

私は、まだどこにも飛び立っていないどころか、歩き出してもいない。ただずっと紺造の家の五軒手前に住んでいて、おじいちゃんの葬式にも家族のような顔をして座っていられる立場に甘えていたのだ。まるで紺造のすべてを自分は知っていたかのように。

「あ、だめだ」と、私は立ち上がっていた。

「だめだ、だめだ、私も行かなくっちゃ」

「どうしたの急に、未久ちゃん」と、野村健二は私の目を見上げて覗き込んだ。まるで僕がそばにいるでしょう？　とでも言いたげなその目線を送る癖《くせ》は、彼の生まれ持ってのものらしい。

「だって」

「だって?」と、四人が一斉に私の顔を覗き込んでくる。

「だって、私は、紺造の」

「紺造の?」

「そう、古いの。古いんです」と、私は、まるで自分が古い人間か、冷蔵庫の中の古漬けであるかのように、きっぱりとそう言っていた。

きっぱり言うと、自分の中にたくさんためてきた嘘がこぼれてきた。いつもは、地味な女子大なんかにいるから出会いがない、なんて言っているけれど、それこそ嘘だ。いつも寿司屋の手伝いをしているなんていうのだって大いにいい子ぶりっこで、私だって合コンにも行ったことがあれば、マスカラだってつけたことくらいはある。ただ、合コンに行っても今いちときめかなかったのは、やっぱり家に戻ればすぐ五軒先に紺造がいるんだからと考えてしまうからで、マスカラをつけないのは、ただ昔、まだ高校生の時に紺造がこう言ったからだった。学校の帰りに駅で偶然に会った私を、紺造は珍しく照れもせずに映画に誘ってくれた。

「なあ未久、付き合って」

そう言われて出かけたのは、『もののけ姫』だった。『もののけ姫』を見ながら、紺造は一体誰になっていたのだろう。やっぱりあの闘う王子なのかな。私は白いヤギみたいな動物、確かヤクって名前の生き物だった。背中に王子をのせるヤクが、最後まで王子に見放されなかったことがうれしくて、それだけで映画の終盤は泣けてきて仕方がなかった。

紺造は帰り道、そんな私をずっと笑っていて、一言こう言ったのだった。

「未久はいいね。そうやって化粧もしていないから、べーべー泣いた後だってずっと爽《さわ》やかなんだね」と。

「そんな私が好き?」とか、「でも本当は、私だって大人なのよ」とか、恋の上級者たちなら絶対に逃《のが》さないようなタイミングだろうに、私はこぼれてくる鼻水をひたすらおさえる必要と闘いながら、ハンカチを顔にあててこう呟《つぶや》くのが精一杯だった。

「いい映画だよ、これさ」と。

いけない。私はまだ高度5000メートルに飛んでいるどころか、飛ぶ申し込みもしていないのだ。なのに、人生が走馬灯のように蘇っている。

「待って下さーい、私も行きます!」

その言葉とすれ違うように、紺造たちを迎えにおんぼろトラックが走ってきた。私は慌《あわ》てて受け付けに駆け込み、同意書にサインをした。

受け付けでは、またマイクでインストラクターの呼び出しがあったが、誰もやって来ない。

「OK, OK」と、いよいよパラシュートを収めたリュックサックを背負ってやって来たのは、赤い長パンツをはいたマックスだった。もうシーザースサラダはさすがに食べ終わったようだ。一体、何歳なんだろう。顔の皺《しわ》は深く、重たい目蓋《まぶた》は皺のせいのようだから、どう見ても七十歳はこえている。

「マックス、ノー、あなたじゃないの。今、マイクではマシュウを呼んでいたでしょう」と、受付嬢は優しく言い、「心配しないで、ミク、マシュウはベリー・ハンサム・ガイなのよ」と、臍の辺りに手をあてながら、私に片目でウインクする。

「ハハー、マシュウなら、さっきとっくにビーチへ行ったぜ。だから、俺に飛ばせろ」と、マックスは胸を叩く。乾いたカンという音が鳴った。何歳であろうが、マックスはきっといつも鍛えているのだ。

感動がある、と私は思った。あわよくば、とチャンスをうかがっている立場ならば、いつも鍛えていなくてはいけない。私だって、鍛えなければ。だから絶対に飛んでやるのである。

私は振り返って彼の目をじっと見た。時々うちの寿司屋のカウンターに来るお客さんもそうなのだけれど、白人の目の色は本当に青かったり、緑だったりする。

マックスは、深い緑色で、でも、そこにはたくさん空の色や雲の形が映り込んでいるかのように、目玉の模様が入り乱れて見えた。

そうか、私はこのおじいさんと二人で飛ぶんだな、と思った。せっかくだったら、やっぱりハンサム・ガイの方がいいけれど、おそらくこれも運命という奴なのだろう。マックスに身を託す。今のところ恋人もいない身だって言うのに、ちょっと寂しい話だな。

「じゃ、お願いします」と、自棄《やけ》になって私は日本語で言い、頭を下げると、遠くからビーチサンダル姿の男がスクーターに乗ってやって来た。

「ソーリーよ」と、言って、受け付けまで階段を駆け上がった。

「マシュウ、一体何度言わせるの、昼間のビーチはほどほどにっていつも言っているでしょ」と、受付嬢は、彼の肉厚な胸にパンチをくらわせる。

「これは確かに美形だわ」と、私は思わずふたたび日本語で呟いた。小顔の見本のようなバランスの頭に、金色のくるくるとした巻き毛が波のような動きを作っている。頭の形がよく、深いブルーの目に、唇が小さく反《そ》り返っている。

「お願いします」と、私は現金にもマックスの方からくるりと体の向きを変えて、思わずもう一度頭を下げると、マシュウというインストラクターは、

「Hi、レイディ、これから二人の空のランデブーだよ」と、肩を組んできた。ハンサム・ガイの脇の下からは、なかなか強烈な汗の匂いがした。

高度5000メートルまでは、時間が一気に早回りしていったようだった。

おんぼろトラックのすぐ隣には紺造と彼のインストラクターというチームがいたが、すでに相当に出遅れている私は、車の中でベルトやパラシュートを装着させられて、一人だけエビゾリの練習などをする羽目になった。

「なあ未久、無理しない方がいいんじゃないか？」と、紺造は途中、何度か口を挟んだ。

私が、怖いという気持ちに襲われながらも今はマシュウの美しさに高ぶっている様

子にも、呆れているようだった。

「そもそも未久、高いところ、苦手でしょ？」

「いいの、決めたんだから」

トラックは、飛行場を囲む鉄線に沿ってずっと走っていった。

車がぷすっという音を立てて、沈みながら、止まる。その先にはすでにエンジン音を響かせながら、プロペラを回し小型飛行機が待機していた。そこから緑の芝の中央には、まっすぐな滑走路が延びていた。

何だかこの小型機自体が怖い。それに、最初から、ドアがなくて、ただビニールシートでおおわれているだけだよ。当たり前か、そこから飛び降りるんだからなと、私は思う。

紺造と彼のインストラクターが、私とマシュウが、その後ろに白人客とインストラクターが、それぞれ亀の親子のように三点式のベルトで前と後ろに結ばれて小型機に乗り込んだ。

飛行機が滑走路を走りはじめる。緑が広がっていく。

飛び立った。急に機が後ろに傾く。

ああ、もう後戻りできないんだ、と私は思った。どうしよう、ちゃんとドアのある重厚な飛行機だって苦手なはずではないか。

恋って野蛮だ。どうせだったら私に秘薬でも与えてこんな時こそ、勇敢にしてよ。

小型機は、鈍い加速でいかにもよれよれに、ゆっくりと、空の中を旋回しながら上昇していった。

はじめは緑の芝の大地がのどかに見渡せた。しだいに遠くの海の表面が銀色に輝いているのが見えた。このくらいからだったら飛べるかな、なんて強がって下を見ることができたのは、そこまでだった。

小型飛行機のエンジン音がさらに唸り出し、機の中にもごうごう音の鳴る強風が入り込み、急に気温が低く感じられ、体が小刻みに震え出した頃には、私たちは皆、白い雲の中にいた。視界はほとんどない。時折雲の狭間から、地上の建物や車がほんのごま粒のように見える。

「もうじきだ」と、パイロットが後ろに向かって親指を立てる。

正気の沙汰《さた》じゃない、と、急に私の全身ががたがた震え出した。歯が嚙み合わない。

「ミクー、ダイジョウブ」と、マシュウが手を握ってくれそうになった時に、とっさに私は、

「だめ、コンゾウちゃんと手をつなぐの」と、どうしたことか懐かしい台詞《せりふ》が出た。

コンゾウちゃんだなんて呼ぶのは、いつ以来だろう。

私たちが、まだ三歳の、うさぎ幼稚園の入園式の日のことだった。紺造は、幼稚園に行きたくないと玄関でだだをこねだした。私は母親に引かれていた手を放し、言ったのだ。「だめ、コンゾウちゃんと手をつなぐの」。つないであげると、彼は泣き止んで、幼稚園への道を一歩ずつ歩き出した。最後は二人で走るように、門をくぐり抜けたのだ。

前に座っていた紺造は、後ろに手を伸ばして私の冷えた手を握ってくれた。

「だから言ったろう？ そのために、俺、わざと負けてやったのに。ジャンケン。未久は必ずパーだって知ってんだよ」

「そうなの？」

風の音に負けないようにすっとんきょうな大声をあげながら、私は、紺造の手の温もりのおかげで、もう一つ、重要な約束を思い出していた。紺造はその幼稚園に向か

う道すがら、こうも言ったのだった。

「ミクちゃんといたらコワくないから、ボク、きっとケッコンするね」と。小さい頃は、その台詞をお守りのようによく思い出していたのに、しばらく忘れていた。

「約束したのよ、あの時」と、やっぱり恋の上級者ならこのチャンスを逃さず、言うのかな。

「な、古いだろ、俺たち？」と、紺造は私の考えなど気付きもせずに、まだジャンケンのことをさしてそう言った。

つかの間、私の冷えきった手は紺造の温かい手の中にあった。だが、私はそれをすっと抜いた。

「もう、どうだっていい。それを聞いたら私、怖くなくなった」

「なんでだよ」

「だって」

「だって、何？」

「だって、私、今まで自分でパーを出してるなんて知らなかったもん。これでもう絶対、ジャンケンに負けない人生になるもん」

「ばかだねー、相変わらず」

そんなことを言い合っていると、マシュウに肩を叩かれた。

「It's show time」と、紺造のインストラクターから声がかかった。

紺造とインストラクターが、ビニールシートがひらひらしている飛び降り口のところに並んで中腰になった。ものすごい風に煽られているようだ。だめ、紺造が落ちちゃう。いや、いいのか、わざと、落ちるのか。

風に煽られ飛び降り口のところにしがみついている紺造の顔は心なしか青いが、笑っているようにも見えた。

「3、2、1、ダイブ!」

二人が雲の中に消えていった。

あっと言う間のことだった。

続いて私の背がマシュウに押され、飛び降り口のところにたどりついた。心臓はもはや破裂しそうに鳴り、体の震えは止まらなかった。

「もうー」と、私は全身の力で叫んでいた。

「3、2、1、ダイブ!」

空の中に解《と》き放たれた。

体がくるくると回った。どこが空なのかわからないが、落下しているのは確かだった。青い色の中を、ひたすら落下している。これまで体験したことのない高さを、体験したことのない速度で、風を受けながら両手を広げて、落ちている。

ずっと向こうで、紺造のパラシュートが七色に開いたのが視覚に入った。いつもは五軒先の紺造が、今は同じ色の空の中を飛んでいた。私は今、彼に向かって両手を広げて飛んでいた。

泣いているわけでもないのに溢れてくる涙なのか鼻水なのか、それらもすべてが風に煽られ、流され、私を裸にしていくようだった。

「マッテ、コンゾウ」

それが、空の上で唯一声にした言葉だった。が、誰にも気兼ねせずに大声でそう叫んだ私は、もうそれだけで空っぽになったかのように最高に、気持ちがよかったんだ。

ＫＩＳＳ

島村洋子

島村洋子（しまむら・ようこ）
大阪市生まれ。帝塚山学院短期大学卒業。証券会社勤務を経て、1985年、コバルト・ノベル大賞を受賞し、デビュー。女性の恋愛を赤裸々に描いた作品は、斯界の注目を浴びている。著書に『ココデナイドコカ』（祥伝社刊）『ビューティフル』『ポルノグラフィカ』『しようよ。』『色ざんげ』『家族善哉』『タスケテ…』『惚れたが悪いか』『あんたのバラード』『ザ・ピルグリム』、エッセイに『こんどの恋は逃さない』『恋愛のすべて。』などがある。

「本当に、本当か？」

シンジが何度もそう問いかけるので、はじめのうちコウスケは腹を立てていたのだが、ようやく最近はシンジも信じるようになったらしい。

シンジはマスコミで「グラビア・クイーン」という冠《かんむり》をつけて呼ばれるセクシー・アイドル栗原《くりはら》はるなの大ファンなのだが、その栗原はるな（当時は春美《はるみ》だったが）は実はコウスケの同級生だったのだ。

たしか小学四年のときに春美は東京から転校してきて中学二年のとき母親の再婚でまた東京に行くまでの五年間、コウスケの故郷の和歌山の勝浦《かつうら》で生活していた。

それからしばらくして東京でスカウトされてデビューしたらしい。

シンジには言ってないが、春美はずーっといじめられっこで勉強もできなかった。

川原でひとりしゃがみこんで泣いている姿を学校帰りにコウスケは何度も目撃した。

あるいはじっと公園にすわったまま、野良猫や野良犬と遊んでいたりした。

春美と家が近かったコウスケは積極的に自分から話しかけることはほとんどなかったが、目が合ったときにその寂《さび》しげで切なげな表情を隠して笑顔になるので、そのまま立ち去ることができなくて一緒にずーっとすわっていたことはある。

春美の家ほど複雑ではなかったが、コウスケの家もそれなりの事情を抱えていた時期だったので、話さなくてもなんとなく彼女の気持ちはわかるような気がしたからである。

どこをさぐっても恋心などはなかった。

友情というものも同情というものもそれほどなかったように思う。

たぶん、そこにあったのは自分たちはまだこどもなのだ、こどもではないのにこども扱われているのだ、そしてそれはとてつもなく力がないことなのだということを一瞬、一瞬、いやがうえにも認識させられることなのだ、という気持ちをお互いに持っている、という連帯感だった。

当時の春美はゴボウのようにやせっぽっちで色が黒かったので、初めて少年漫画雑誌のグラビアを見たときは気づかなかったくらいだ。

こんなに色が白く、こんなに巨乳になるなんて、なんか怪しい薬か魔法かを使ったのではないか、とコウスケは今でもいぶかしんでいる。

それに「春美」と「はるな」では鼻の高さというか、形がまるでちがう。目は当時からぱっちりして黒目がちで可愛《かわい》かったが、鼻は丸かったと思う。

しかしこれもコウスケはシンジには言っていない。

それはシンジのファン心を傷つけないため、というより、春美のためである。それは決して「栗原はるな」のためではない。

「はるなちゃんの家ってどんな家?」

とシンジに問いかけられても、

「べつに。ふつうの家」

とコウスケは答えていた。

年老いた祖母が春美とその弟のめんどうを見ていて、びっくりするほど若い母親はいつも男性問題を起こしているので有名だった、とは言わなかった。

春美はこどもとは思えないほど人に気を使っていた。

それも他人よりも特に肉親に。

春美にはうっすらと不幸の匂いすら漂っていたのに、バラエティー番組などで豪快に大笑いしている「栗原はるな」を見るとその陰の部分が微塵《みじん》も感じられないのがコウスケには不思議でならない。

しかしそれはたぶん、彼女にとって良いことなのだろう。

彼女のことを激しく何か思うということは今も昔もないが、幸福であってほしいと思う。

自分はしがない二流私大の工学部に通う大学生だが、なんとか幸福にやっている。

仕送りがあまりに少ないのと、意中の松倉冬香《まつくらふゆか》にはいつも相手にされていないのが不幸といえば不幸だが。

だから大学のサークルの連中にも同級生にもコウスケは栗原はるなと同級生であるということは言っていない。

ファースト・キスの相手が彼女であることも。

1

コウスケは春美に二度と会うつもりなどなかったのに、シンジが「栗原はるなセカンド写真集『HARUNAⅡ』発売記念サイン会」の整理券をもらってきた。

「苦労して抽選に当たったんだし、二名まで行けるんだから行こうよ」

当たったはがきを握り締めて学食で拝《おが》むように何度も何度も頭を下げるシンジにそう頼まれたコウスケだったけれど、行くつもりはなかった。

「俺とこの人が同級生だったのは間違いのない事実なんだけどさ、向こうは絶対に覚えてないと思うし、べつに俺とサイン会に並んだからといっておまえにいいことあるとも思えないよ。佐々木《ささき》さんでも誘ってみな、大ファンだってこないだの飲み会で白状してたもん、喜ぶよ」

コウスケは先輩の名前を出してまで逃れようとした。

覚えられていないのもいやだったが、覚えられているのもいやだった。

川原にすわってしくしく泣いている春美を見つけて自転車を停めて横にすわり、なんとなく背中をポンと叩いて、

「まあ元気出しいな」

というつもりが背中を撫《な》でてしまい、すると春美が突然、振り向いて自分の唇に唇を重ねて来たから突き飛ばした、そして自転車を漕《こ》いで帰った。

それは春美のことが嫌いだったというより、そんな場面を見られてクラスの連中にからかわれるのがいやだったからである。

春美は何しろクラスで馬鹿にされまくっていたので、自分もその仲間にされるのがいやだったという、思い返してもコウスケは自分で自分が情けなくなる卑怯《ひきょう》な気持ちだった。

その後、半月くらいで春美は転校して行った。

今、思うとそれは春美の別れの挨拶《あいさつ》だったかもしれないし、感謝の気持ちだったのかもしれない。

なのに春美にくっつけられている「いやらしい感じの女」というレッテルが自分に

までくっつけられるようでそのときのコウスケはいやだったのだ。

今なら「いやらしい感じの女」大好き、「いやらしい感じの女」ラッキー、って思うのだが。

春美のこどもらしからぬ色気は今、いい方向にはたらいてセクシー・アイドルになったのだろう。

しかし当時はそれがクラスの女子を、そしてそれに乗っかってくる男子のテレを刺激して嫌われる原因になったのだ。

他人に気を使う小心で優しい女の子だったのに。

その小心さがなんだかみみっちい貧乏くさいような感じがしてコウスケはいやだった。

当時の春美の気持ちはわからない。

あのキスだって、自分に親切にしてくれたお礼というか、ただの気持ちのたかまりを相手に示す方法がそれしかなかったのかもしれないだけで、愛だの恋だの、というものとはちがったのかもしれない。

どちらにせよ、もう華《はな》やかな彼女はそのことを思い出しもしないだろう、とコウスケは思い直し、シンジとともにサイン会に並ぶことにした。

銀座の中央通りに面した大きな書店にサイン会の始まる二時間も前についたのに、会場はコウスケたちと同い年くらいの男たちの熱気でむんむんしていた。

明るい照明の下で並んでいる本の題名を平気なふりして眺《なが》めていたコウスケだったが、時間が近づくにしたがってなんだかどきどきしてきた。

列に並んでいるときに店員らしい男に、

「ここにご自分の名前を書いてください」

と白い紙を渡された。

コウスケは自分の名前を書くかどうか少し迷った。

「おまえ、ペンもってないの?」

心なしか頰《ほお》を紅潮させたシンジがサインペンを寄越しながら言った。

「ああ、うん」

曖昧《あいまい》に返事をしたコウスケは「春美は自分を絶対に覚えていないし、覚えていても忘れたことにするはずだ」ともう一度つよく思い直して、白い紙に自分の名前を書いた。

「俺が金を出してやるから。今日ついてきてくれたお礼だよ」

もう一冊はとっくに買ってあるだろうに、シンジはそう言いながら五千円近くもするサイン用の写真集を二冊、買った。

「そんなにいいのかなあ」

という言葉を、コウスケは独り言のようにつぶやきながらそのときを待った。

階段の下まで続く列はなかなか進まない。

限定しているとはいいながら、いちいち相手の名前を書いてサインをして握手もして写真撮影にも応じていたらしょうがないのかもしれないが。

2

先にサインをもらったシンジは押し戴《いただ》くように写真集をもち、もって来たデジカメで何度も「栗原はるな」を撮っていた。

はるなはサーモンピンクのキャミソールドレスで、大きな胸元が見えそうで見えない。

金髪というほどではないが明るく染《そ》められた肩までの髪やうつむいていると一段と長く見えるまつげをコウスケはじっと見つめた。

自分の知っている春美とは別人なのだ、とコウスケははっきり感じた。

白い紙をはるなの横に立っている女の人に渡して、本をはるなの前に置いた。

はるなは一瞬、こちらを見上げてほほ笑んだがそれは特別なことではなく、全員にしていることらしかった。

「ミズタニ・コウスケさん？」

はるなはコウスケの名を声に出したが、それも特別なことではない。

さっきもシンジの名前を声に出していた。

しかしその声は懐《なつ》かしい、あの川原で聞いた声だった。

女の子にしては少しハスキーな、ミストがかかったような声。

あの声で、

「ミズタニくんも私のこと、馬鹿にしてるんでしょ？」

と悲しげにたずねたことがあった。

そういえば訛《なま》りがなく話す女の子は当時、コウスケのまわりには彼女しかいなかった。

そのとき自分が何と返事したのか、コウスケはまったく覚えていない。

きっと「ううん」とか、「別に」とか、曖昧に答えたことだろう。

はるなはきれいな字でコウスケの名前を書き、あっと言う間に自分のサインをした。

そして両手でコウスケの手を握ってほほ笑んだ。

その行為は誰のときとも少しも違うこともなく、まったく同じだった。

コウスケがぼんやりしている間に次に並んでいる人の紙が渡され、はるなは一瞬、顔を上げて次の人にほほ笑み、その人の名前を声に出した。

またそれはサインを終えるまでの短い行為で、握手された大学生らしい男は、

「あっ、あの、これからもがんばってください」

などと上《う》ずった声で答えていた。

「終わられた方はこちらからお帰りください」

書店員にうながされてコウスケはシンジと並んで反対側の階段を降りた。

「おまえ、本当に同級生だったの？」

そういうシンジの声を聞きながらコウスケは、

「ああ、たぶん」

と返事をした。

万人に好かれそうな顔や自信に満ちた態度はあのときとはまったく違うが、たしかにあの声は春美の声だった、と思いながら。

3

シンジはコウスケのことを「栗原はるな」に対してなんの魔法も使えない男だと見限ったらしい。

サイン会まではうるさいくらいコウスケのまわりをうろついていたシンジがまった

く寄って来なくなった。

寂しいような気もするが、まあ、そんなもんだろうとも思い、コウスケは学食でひとり天麩羅《てんぷら》そばを食べていた。

自分が春美に抱いていたいろんな思いは勝手に自分だけが抱いていたものなのだから、彼女がどう反応するかも彼女の勝手なのだ、と何度か自分に言い聞かせた。

言い聞かせなければならない、ということは、自分はすこしは何かの期待をしていたのか、とも思う。

もしかしたら、

「わあ、ミズタニくん、久しぶり。来てくれてありがとう、元気?」

くらいのことは言ってもらいたかったのかもしれない。

しかし同級生を名乗る人間もおそらく春美のまわりにはたくさん現れていたりして、もしかしたら彼女にはそういうことがすべてうっとうしいのかもしれない。

どっちみち同級生にいい印象をもったことなど一度もないのだろうから。

積極的に探して読むわけではないが、「栗原はるな」の記事が載《の》っている雑誌を美容院や定食屋でたまに目にすることがあった。

そこにはコウスケの知らない思い出の物語が書かれてあった。

自分は転勤族の娘だったので、標準語しか話せず、和歌山弁をマスターするのに苦労したとか、文化祭の劇では主役が多かったので今度、出演するドラマには役立つのではないかとか、美しい和歌山の海岸でバドミントン部の先輩とデートしたのが初恋と言えば初恋、と書いてあったが、コウスケたちの近くは和歌山の勝浦といっても山ばかりのところで、近くには川しかなかったし、何より学校にはバドミントン部などなかった。

春美はずっと和歌山弁をしゃべろうとはしなかったし、そこがクラスに溶け込めない理由でもあったろうに頑《かたく》なに標準語を通した。

それに文化祭ではたしかに劇はあったと思うが、春美が出た記憶はコウスケにはない。

多分、文化祭や体育祭などのクラスの行事の日には彼女は学校に来なかったのではないか。

それを誰も気にはしなかったし、どちらにせよ誰も重要な役を彼女に与えるつもりなどなかったはずだ。

しかしきっと作られた美しい物語こそが「春美」ではなく、「はるな」にふさわしいのだろう。

それでいいではないか、とコウスケは思い、天麩羅そばの湯気《ゆげ》に曇《くも》ったメガネを拭《ふ》いてかけ直すと、視界に松倉冬香が見えた。

冬香は「栗原はるな」と比べたら今ひとつあか抜けないただの「しろうと」だが、コウスケの目には光り輝いて見える。

スカッシュが好きで、ショートカットでスポーティーなところも、何度かデートに誘ったがいつもあっさりと断ってくれるそのドライな感じも、コウスケには魅力に感じる。

とりあえず声だけはかけておきたい、と思ったコウスケは、ひとりでミルクティーを飲みながら教科書を眺めている冬香に近づいて行った。

「あら、コウスケくん」

と先に声を上げたのは冬香のほうである。

「コウスケくんって『栗原はるな』の友達って本当？　サイン会に一緒に行ったって さっきシンジが言ってたから。だけど全然、反応してくれなかったんですってね。偉くなったから気取ってるのかしら」

冬香はほほ笑んでそう言いながら、コウスケを向かいの席に座るようにうながした。

「友達っていうか、まあ同じクラスだったことがあるだけ」

「へーえ。昔からずっと可愛かったんでしょうね」

「うん。まあ」

コウスケは曖昧に応えた。

全然、冬香のほうが何倍も可愛い、と言いたいところだし、それはまったくの事実なのだが、コウスケはそういうことをうまく言うことができない。

もはや義理がないとはいえ、なんだか春美にも悪いと思うし。

「でもさ、あんなこれみよがしに胸とかひけらかしてるのっていやよね、よくやると思うわ。仕事とはいえ、同情するわ」

いつものようにあっさりと冬香は言った。

それに何らの悪気はないのだということはコウスケにもわかっていた。

しかし我知らずにコウスケは言ってしまっていたのだ。

「あれはこれみよがしとか、そんなんじゃないよ。それに彼女は今の自分が好きなんだと思うんだ」

と。

まさかコウスケが自分の言うことに逆《さか》らうとは思ってもみなかったのだろう。冬香はそれでなくても大きな目をぱっちりと見開いてしばらくコウスケの顔を見つめていた。

そしてもう口を開こうとはしなかった。

4

ＣＭではるながにこにことほほ笑み、カツラ会社なのだか、なんなのだか、ここに電話してね、などとあのハスキーな声で明るく言っている。

コウスケといえば、勉強もはかどらないし、あれ以来、冬香のこともさっぱりだめだし、他に好きな子ができるわけでも宝くじが当たるわけでもなく、いつもどおりといえばいつもどおりのパッとしない日々が続いている。

冬香のことは最初からまったく脈がなかったのだけれど、あのとき「栗原はるな」を思わずかばってしまったことによって海で沈みそうな自分はワラではなくて鉄クズにつかまってしまったのだ、と思う。

あいかわらず仕送りは少ないし、バイトはほとんどみつからない。

しかしそれでもせめてコーヒーはインスタントではなくドリップするのだ、と深夜、コウスケはフィルターの上にお湯をまわしながら注いだ。

「ハハハ、そんなんじゃないですよぉー」

テレビからは聞き覚えのある声が流れて来た。

春美の、いや「栗原はるな」の声だ。

売れっ子漫才コンビが司会のトークショーに出ているらしい。

コウスケは「栗原はるな」がでている番組を「知り合いがでている」という気持ちでは絶対に見ないし、今ではもう「かつて知っていた人がでている」とも思わなくなった。

「はるな」はかつて自分が「春美」だったことも忘れているだろうし、今の知り合いこそが自分の知り合いで、「春美」時代に持っていたものは何ひとつ彼女を幸福にはしなかっただろうから。

それは自分の存在もそうなのだ、とコウスケは思った。

そこには「腹が立つ」という感情も「寂しい」という思いも何もなく、その気持ちはわからないではない、という共感だけがある。

かつての春美には悲しいことがあり過ぎた。

「そうですね。ありますよ」

どうやら初恋の話らしい。

きっと「栗原はるな」は創作した話をドラマチックに明るく語るのだろう。

バドミントン部の先輩の話や美しい勝浦の海の話などを。

「栗原はるな」の少女時代は人気者であることこそがふさわしい。

いつもはブラックで飲むコウスケだったが、深夜だったのでミルクでも入れようと、牛乳パックを冷蔵庫から取り出した。

「へえ。そんなんやったらはるなちゃんのファースト・キスなんかドラマチックやねんやろうな」

テレビからの声は続いている。

「ドラマチックじゃないです。私、いじめられっこだったし」

はるなの声にコウスケはスプーンを動かす手を止めた。

心なしかテレビの中の会場も静かになったように思える。

「またまた、そんなこというて。そんな可愛い顔してそんなにナイスバディやったら人気者に決まってるがな。まあ、女の子に嫉妬《しっと》されることはあるかもしれへんけどな」

フォローしようと司会の漫才師が大きな声を出したが、はるなはためらうふうでもなくまっすぐ前を見ていた。

「ファースト・キスは相手がいやがってるのに、私から無理やりしました」

「ええーっ、はるなちゃんからチューッて行ったん?」

「ええ。なんてこともない川原で。私は彼が大好きだったんですけど、向こうは友達としか思っていなかったみたいでなんか驚いたみたいで突き飛ばされちゃって。おまけにそれから避けられるようになっちゃって」

コウスケはじぃっとブラウン管を凝視《ぎょうし》していた。

「こんな可愛い女の子を突き飛ばすって、なんちゅうやっちゃ。しかしそいつ、もったいないことしたと後悔してるやろなあ」

相方の漫才師が笑いながら言った。

「そんなことないですよ。私、いじけていて嫌われ者でしたから。でもその人だけは優しくて親切だったんです。別に何を言うわけでもなくて励《はげ》ましてくれているみたいで。ただその親切がただの同情だったら私の気持ちは余計にみじめだなあ、とずーっと悩んでました。だけど会いたかったから川原で待ってたりしてましたよ」

そう言ってはるなは屈託《くったく》なく笑った。

「へえ、待ち伏せしてたんや」

「うん。待ち伏せかなあ、だって会いたかったもん。でもね、その人、このあいだ、銀座であった私のサイン会、来てくれたんですよ。すごくうれしかった」

コウスケは驚いてしばらく動くことができなかった。

そして自分は春美の恋心などにはさっぱり気がつかなかった、と思ったあと、いやもしかしたら気がついていたのかもしれない、とも思った。

そしてもしそれに気がついたりしたら、クラスの中での自分の立場というものが危《あや》うくなる、と思ったのだ、と気づいた。

当時、クラス中からいじめられていた春美と仲がいいと思われるのが自分はいやだったのだ、と。

そしてそのことも春美は知っていたのだ、と。

春美の切なげで悲しそうな感じは、家庭が複雑だとかクラスに溶け込めていないとか、そういうことだけでは醸《かも》し出されるものではなかったのだ。

いかにも親切そうに近づきながら、彼女が少しでも距離を詰めようとすることを許さない小心な中学生の自分。

だから最後に春美はあんな形でキスをしたのだ。

「えっ、ほんでほんではるなちゃん、久しぶりに初恋の彼に会ってどうやった？　彼は変わってた？」

「全然、変わってなかったです。相変わらず優しそうでした」

「はるな」ではなく、「春美」がテレビに出ている。

少し胸を張っているようにも思える。

そうか、俺は優しそうだったのか、とコウスケは息をついた。

自分は「優しく」はなく、いつも「優しそう」にしか過ぎないのだ。

いつのまにか画面はアイドルグループの歌に変わっていた。

コウスケはようやくいれたコーヒーに口をつけた。

少しぬるくなっている。

テーブルのうえの携帯電話が鳴り出した。

小窓にシンジの名前が表示されている。

コウスケは出なかった。

いろいろ言われるのがいやだったからである。

地味でなんの取り柄《え》もなかった自分のモノクロの少年時代を勝手にカラーにされたくはなかった。

電話はその後もずっと鳴り続けていたが、やはりコウスケは出なかった。

やっと切れたと思ったのに時間を置かずにまた携帯電話が鳴った。

小窓には松倉冬香の名前が表示された。

コウスケはやはりそれには出ないことにして、コーヒーを飲んだ。

冬香は果たしてそれほど魅力的な女の子だったのだろうか、と何度も冬香の顔を思い出そうとしたが、すぐにぼんやりとしてしまってわからなくなる。

中学生の時の春美の嬉しそうな笑顔だけがよみがえってくる。

自分を見るとあんなに素直に嬉しそうな顔をしてくれる女の子がこれから果たして現れるのだろうか、とコウスケはぼんやりした頭でなおも考え続けていた。

迷い蝶《ちょう》

下川香苗

下川香苗（しもかわ・かなえ）
岐阜県生まれ。岐阜大学教育学部哲学科卒業。在学中の1984年、コバルト短編小説新人賞を受賞し、デビュー。その後、『小説版・ご近所物語（全8巻）』『オルフェウスは千の翼を持つ』など、集英社コバルト文庫他で活躍。著書に、『神様の薔薇』『小説版・下弦の月』などがある。

ふわりと、青い星が降ってきた。

あっと思って洗濯物を干していた手を止めると、それは一匹の蝶《ちょう》で、翅《はね》の大きな楕《だ》円《えん》の模様《もよう》が星のように見えたのだった。

「悠《ゆう》さん、見て、見て。変わった蝶がいる！」

ミュールのかかとをよろめかせて、急いで私は玄関へ駆けこんだ。

まだ布団《ふとん》の中にいた悠さんが、眠そうに目をこすり、寝ぐせのままの髪をばささと手でかきながら庭先へ出てきたときには、もう蝶の姿はなくなっていた。

どんな色形だったかと尋《たず》ねられて説明すると、悠さんは少し考えるようにしてから、

「たぶん、それはタテハチョウの一種だと思うけど、もっと南の地域にしか生息しな

いはずだよ」

と言う。でも、ほんとうにいたのに——。

と、白い細かな花をつけた木の陰から動くものがあらわれて、再び、視界の中へときらめいた。

「ほら、あそこ！　ね、嘘じゃなかったでしょう」

私が得意げに指差すと、悠さんはびっくりした表情になって、「すごい、めずらしいなあ」と目をみはったあと、少し天然のくせ毛の私の髪を、手のひらでくしゃりと撫《な》でた。

「よくみつけたね。寿々《すず》のお手柄《てがら》だ」

黒い地の両翅に、銀河みたいな模様を浮かべた蝶。

ふわりふわりと蝶はあたりを舞ってから、色のあせた瓦《かわら》屋根を越えていく。私と悠さんの二人で住んでいる、古い木造の平屋の上を。

「これが迷蝶《めいちょう》ってやつだろうな」

と、悠さんは教えてくれた。台風などで飛ばされて、本来の生息地域からはずれた場所へきてしまった蝶のことを〝迷蝶〟と呼ぶのだ、と。彼は、植物とか鳥とか昆虫とかに詳《くわ》しい。

でも、私には、理科の教科書のような解説はどうでもよかった。初めて目にする蝶は何かの奇跡のようで、ありえないものにめぐり逢ったように思えて、胸がいっぱいになっていた。

となりを見上げると、悠さんも、吸い寄せられるように蝶へ視線を当てて、その行方《ゆくえ》を見守っている。まぶしそうな表情で目を細めて。

こういうとき、悠さんは、実際よりずっと年若く、まるで無邪気な少年のようにも見える。

悠さんも私と同じように、あの蝶を宝物みたいに感じているのかな。そう思ったら、ますます私は胸が詰まって、彼の手にそっと指をからめて握った。

私は二十歳。悠さんは、つぎの誕生日で四十歳になる。

悠さんと私は、家族でも親戚でもない。

かといって、恋人というわけでもない。

だから、同棲というのとも少し違うのだけれど、でも、いっしょに暮らしている。

私たちの関係を表すのにいちばんぴったりなのは、同志、ということばだ。

ありえないものにめぐり逢ったというなら、それは、悠さんと出会ったこともそうかもしれない。

悠さんは、まったく世の常のオトナらしくなかった。

私の知っているオトナはみんな、口やかましくて、せかせかして、計算高くて、見栄《みえ》っぱり。地方銀行勤めの私の父親も、専業主婦の母親も、学校の先生も、そうだった。悪い人たちではないけれど、世間体《せけんてい》とか人並みとか常識とか、何かというとそんなことばかり口にする。

高校を卒業したら、専門学校で絵の勉強がしたい。私がそう言ったときも、父親は、変わったことをする必要はないと怒って、

「今どき、短大くらい出ておくのが、嫁入り道具のひとつってもんだ」

親戚や近所に対して聞こえが悪いとか、見合いの条件にひびくとか、そんな心配ばかりしていた。

「だから、オトナってきらい」

と、私はよく言ったものだ。

悠さんは、ゆったりしていて、いつも微笑《ほほえ》んでいて、着古した服を恥じることもなく、他人をうらやむこともない。気ままに働いて、家での時間は絵を描いてすごす。好きなことを、好きなように。何にも縛《しば》られず、囚《とら》われず。

悠さんは、自由な人なのだ。

「でも、お金もないし、財産もないし、たいした仕事もしてないし。世間の基準からいったら、いい年齢《とし》してフラフラしている、ろくでなしだよ」

苦笑する悠さんに、ううん、と首を振って、私は力をこめて訴える。

「私も、悠さんみたいに生きたい」

一か月半ほど前の、梅雨寒《つゆざむ》の夜だった。

駅前のバスロータリーの噴水の縁に腰かけて、私はスケッチブックを広げて、紙の上に鉛筆で学校の課題のアイディアを描きとめていた。渋る両親になんとか頼んで美術の専門学校へ入学させてもらい、私は二年制の絵画科に通っている。

そのころ、私はひとり暮らしをしていたけれど、アパートの部屋には居づらくなっていた。家賃が半年分もたまっていて、早く帰ると、大家さんが請求にきてうるさい。

喫茶店に入りびたるお金はないから、たいてい毎日、最終バスぎりぎりまで、公園や駅前の広場や待合室などで時間をつぶしていた。

——お腹《なか》すいちゃったな。

課題をやりながら私が思うのは、そんなくだらないことだった。

どうして人間は空腹になるんだろう。食べないで生きていければ、食費も要《い》らない。お金がなくたって生きていけるのに。

同じ学科の友達の倫子《みちこ》などは、「らくして稼《かせ》げる方法なんていっぱいあるよ。とくに女の子は」と言う。半年ほど前から、彼女はスナックでアルバイトをはじめた。週に二日ほど、短時間でかなりの収入になるらしく、流行の服を何着も買い揃《そろ》えている。

「寿々もいっしょにやらない?」と誘ってくれるけれど、接客業なんて、私にうまくできるわけない。

「だめだよ、寿々、それじゃあ」

倫子は首をふって、もどかしげに、

「お金なんて、どれだけあったって足りないよ。ぜいたくしたいってわけじゃないのよ。私たちは、クリエーター志望なんだから。画材だって要るし、画集だって欲しいし。展覧会行ったり映画観たり、遊んだりするのだって、広い意味での勉強なんだよ」

でも、私には、接客業どころか、バイトすることそのものが苦痛なのだ。雇い主の顔色をうかがい、客やバイト仲間に気をつかい、こまねずみのように忙《せわ》しなく立ち働く。どれも息が詰まりそう。

家賃を滞納することになったのも、レジをしていたコンビニが閉店してしまったあと、次のバイトを探すのを、ずるずると先延ばしにしているせいだった。

「お腹すいたなあ」

鉛筆の手を止めて、声に出してつぶやいた。Gジャンの前をかき合わせながら、肩をすくめて雲のよどむ空を仰《あお》ぐ。その夜は、仕送りが届く直前で、とりわけお金がなかった。お昼に菓子パンを一個食べたきりだ。

「お腹すいたの?」

ふいに声をかけられて、顔を上げると、知らない男の人がこちらをのぞきこんでいた。

私よりずいぶん年上みたい。でも、服装はラフで、くすんだ色のジャンパー、ひざが白く擦《こす》れたジーンズ、ばさっと額《ひたい》にかかった髪。

空腹のあまりに追っぱらうのもめんどうで、つい私は、ため息まじりに本音をもらしてしまった。

「もう頭の中、食べ物のことばっかり。おまけに、もうじき、住むところもなくなりそうです」

おかしそうにその人は笑い声を立てて、近くのファミレスへつれていってくれた。

食事をおごってもらう代わりというわけでもないけれど、エビドリアとサラダを口へ運びながら、私は事情を話した。

高校を卒業後、美術の専門学校へ入るために隣県から出てきたこと。実家からは少しの仕送りはしてもらっているが、不足分は自分で工夫する条件だということ。

そして、私がデザートのチーズケーキを食べているときに、その人は、

「住むところがなくなるなら、ぼくの家へくる？」

友人の留守宅に、留守番代わりに住んでいる。仕事はビルの警備で、泊まりこみが

多い。気ままな職場だ。週に一、二度しか家へは戻らないから、遠慮はいらない。そう言って、テイクアウト申し込み用紙の裏に、地図と住所、自分の名前を書き、ポケットからつかみ出した鍵を置く。鍵の下から読めた名前は、西川《にしかわ》悠、とあった。

「家賃も要らなくなるし、光熱費も食費も出さなくていいよ」

ナンパというにはまわりくどくて、妙な人だなという印象だった。ただ、押しつけがましくはなかったから、不快ではなかった。

翌日の夕方、私は興味半分に、もらった地図をたどってみた。

駅からバスで一時間近く。停留所から山すその坂道をのぼっていき、雑木林の中へ入っていって、ぽっかり開けた空間にその家はあった。

「秘密の隠れ家《が》みたい……」

塗装の剝《は》げた壁に、窓枠のがたつく、古い一戸建て。

木の柵で庭だとわかるあたりには、露草《つゆくさ》や朝顔らしい緑が茂《しげ》り、名前の知らないピンク色の小さな花が足元を彩《いろど》っている。木々に囲まれているためか、坂下を通る車の騒音はほとんど聞こえない。小鳥のさえずりが沁《し》みるように耳に響く。

いくらも離れていない所には、サイコロみたいな建て売りの群れがあちこちにできているのに、ここだけ別世界のようだ。

留守だったので鍵を使って入って、私は声をあげた。

六畳ほどの部屋が三つ。家具や荷物は少なかったけれど、いちばん奥の部屋の壁には何枚もの絵が貼《は》ってあった。水彩、油彩、簡単なスケッチ。絵の道具も無造作《むぞうさ》に置いてあって、イーゼルには制作途中のカンヴァスが立てかけてある。

そうか、あの人も絵を描くのだ。

部屋の中の絵は、風景や花や建物、題材はさまざまだけれど、どれも写実的で繊細《せんさい》なタッチだ。

あの人のことは信用してもいいかもしれない。何の根拠もないけれど、そう思った。

部屋の空気は、油彩で使うテレピン油の匂いがする。

ここなら、住んでもいい。

三日後、荷物といっしょに待っていた私を見て、帰ってきたその人――悠さんはすごく驚いて、それから、すごく嬉《うれ》しそうな顔をした。

「寿々のことは、ときどき見かけていたんだよ。いつもスケッチブックを広げて難しい顔をして、目立ってたから」

微笑《わら》って悠さんは、そう言った。

私は彼を「悠さん」と呼ぶことにした。年上なのだから、西川さんにすべきなのだろうけれど、かしこまった呼び方は似合わない気がしたからだ。

悠さんが帰ってくるのは、たいていは土曜か日曜と、あと不規則に週に一、二回。夜の人手が足りないとかで、夕方に帰ってきて、また深夜に出かけていくことも多い。

悠さんが帰ってくると、すぐにわかる。

雑木林を通る小道には、落ちた葉がそのまま幾重《いくえ》にも積もっている。車のエンジンを止める音がして、落ち葉を踏みしめる足音が聞こえてくれば、それはこの家へ向かう以外にありえない。

「いいね、寿々の絵はいいよ。とてもいい」

授業の作品や自由に描いた物を見せるたび、いつも悠さんは褒《ほ》めてくれる。

二人とも家にいるときには、私が課題をやるそばで、彼も自分の絵の続きに筆を入れる。好きな画家について議論したり、ときには悠さんは、安い焼酎《しょうちゅう》を飲みながら、私の学校の話に興味深そうに耳をかたむけたりする。

家賃も食費も要らなくなり、バイトをしなくてもよくなったので、私は学校の課題以外にも、好きに絵を描いてすごせるようになった。自分の時間を、ぜんぶ自分の思い通りに使える。

でも、その見返りを、悠さんは何も求めない。

「食費とか光熱費とか、二人分になっちゃって大変じゃない？」

たいして私は役に立ってもいなくて、少しの家事をするくらいだ。

「寿々が楽しそうにして、たくさん絵を描いていられればいい」

悠さんは答えて、私を見ながら、ただ微笑んでいる。


実家には新しい住所を連絡しただけだったけれど、倫子には、同居人がいることを話しておいた。

「寿々、彼氏ができたんだ」

倫子は、びっくりしていた。入学以来、私はつきあった子はいなかったし、合コンに誘われてもめったに出席しない。

「彼氏じゃないよ。いっしょには住んでるけど」

本気でそう思って、私は答えた。でも、彼氏より下という意味じゃない。そういう枠組みでは計れない存在なのだ。

倫子は腑《ふ》に落ちない表情だったけれど、「一度遊びに行きたい」と熱心にせがむので、彼女とその彼氏を招くことになった。

金曜日の放課後、途中で缶ビールやスナック菓子やおにぎりを買いこんで、倫子の彼氏が運転する車で家へ向かう。

「けっこう遠いんだな。寿々ちゃん、俺、ときどき朝、まわり道して拾っていってやろうか?」

彼の名前は松浦《まつうら》くんといって、デザイン工学科に通っている。倫子は「しゃきっとしてないだけよ」なんて言っているけれど、とても親切な子だ。

松浦くんの首には、ごつめの十字架のペンダントが光っている。倫子からのバレンタインのプレゼントだ。倫子の分身とでも思っているように、その銀のペンダントを彼は毎日つけている。

倫子のスナックでのバイトも、もともとは、このペンダントを買うためだった。

が、目的が達成されたはずの今もつづいている。バイトのことは彼には内緒なので、彼から急な呼び出しがあったときなど、私は何度もアリバイ作りに協力させられている。

「ここ？　なんだか妖怪の棲《す》みかって感じね」

古い平屋を見ると、倫子はがっかりした表情になった。雑木林の中の一戸建てと聞いて、しゃれた洋館ふうを期待していたらしい。

畳の上でビールを飲みながら、学校や音楽の話をする。せまい家の中で、どうしても悠さんの絵も目につくので、私は悠さんとの暮らしについても話した。

ビールの五、六本も三人で空《あ》けたころ、

「二十歳も年上なんて、寿々の趣味もよくわかんないけど」

缶ビールを手にしたまま、酔った目で倫子は、あらためて部屋の中を見まわした。

「ラッキーではあったかもね、部屋代も食費も光熱費も要らないんでしょう。で、いっしょに住んでるその人って、何やってる人？」

教えられている通りに私が説明すると、ふうんと倫子はつぶやいて首をかしげた。

「泊まりこみで警備？　なんだか変なの。まさか、やばい商売してる人じゃないでしょうね。だいたい寿々はお人好《よ》しっていうか、人を疑うことを知らないんだから」

「やばい商売って、何よ」

「そりゃあ、いろいろあるわよ。たとえば――」

「倫子、よせよ」

止めたのは、松浦くんだった。

「そういう不規則な勤務の職場だって、世の中にはそりゃあるさ。いいじゃないか、寿々ちゃんがいいって言ってるんだから」

「私は寿々のことを思って――。やばい人に引っかかってたらと思って、心配しただけじゃない」

結局、気まずいまま、二人は日付けが変わる前に帰っていった。

週明けの学校ではいつも通りにもどったけれど、でも、それ以後、私は家へはだれも呼ばないことにした。この家や悠さんにケチをつけられたり、そのことで言い争ったりするのは、私自身の心の中まで踏み荒らされるようだったから。

雨上がりの虹《にじ》、蜜柑《みかん》みたいな夕陽、こぼれ落ちる桜の花びら、沈丁花《じんちょうげ》の甘い匂い、朝の町に流れる霧。

絵を描くことを私が好きになったのは、そんなものを、ずっと留《とど》めておきたかったからかもしれない。つかもうとしても、つかみきれないもの。瞬《また》く間に消えていってしまうものを。

——大きくなったら絵を描いて暮らしたい。

幼いころから、そう思っていた。

でも、画家になりたかったわけではなくて、ただ、絵を描いて暮らせたらと思った。

その違いを理解する人はいなかったし、私もうまく説明できなかった。だから、高校の担任に「とにかく専門の勉強をしておけ」と説得されて、とりあえず学校に通うことにしたのだ。

「いや、わかるよ。昔、ぼくも同じことを思っていたから」

うなずいたのは、悠さんが初めてだ。絵の道具だけ持って、世界中を旅しながら一生すごしたいなあ、なんて考えていたという。

二十歳も年上なのに、悠さんのすることは、ときに私よりも子どもっぽかったりする。

庭にどんぐりの木があったら楽しいだろうと言って、どこからか拾ってきたどんぐりを庭に埋めたり。クッキーのかけらを撒《ま》いて、蟻《あり》が巣へ運んでいくのを一時間も観察していたり。まったくオトナらしくない。

でも、それでいて、やっぱり同級生くらいの男の子たちとはちょっと違った。

「私って、少し変なのかな。性格直さないとだめなのかな」

倫子や親にせっつかれるまでもなく、自分でも焦《あせ》るときはあって、それを私が口に出すと、

「変わっていなくはないけど」

でも、と悠さんはつづける。

「寿々は、寿々の価値観を無理に歪《ゆが》める必要はないよ。寿々は、寿々のままで行けばいい。生きていればいろいろなことにぶち当たるけど、まわり道しても歩きつづけていれば、いつか、行きたい場所へたどり着ける。そんなものなんだよ、たぶん」

悠さんの声には、さまざまに経験した末にそう考えたよ、という響きがどことなくあって、私の倍の長さを生きている人なんだなあと感じさせる。

でも、説教でも、気負った人生論でもない。さりげなく言ってもらえると、「そうだよね。私は私のままでいいんだよね」

背中を押してもらったような、力強い味方を得たような気持ちになって、私は勇気が湧《わ》いてくるのだった。

雑木林の中の家は、いつも静かだ。

電話は引いていない。パソコンもステレオも、テレビさえも置いてない。

ここでは、ゆっくりと時間が流れる。

見えないヴェールに包まれた、別の時空のように。

そして、私と悠さんの間にも、世間とは別の流れがあった。

男女がひとつの家にいれば、すぐに性的な関係ができると考えるのがふつうだろう。

でも、私と悠さんは、そうならないまま一か月半ほどをすごした。

台風崩《くず》れの低気圧がきて、雨まじりの風が窓ガラスをたたいた夜。

巨大な手が家ごとわしづかみにして揺さぶっているのかと思うほど、がたがたと窓枠が鳴って不安をさそう。その夜は悠さんが帰ってきていて、私は彼のとなりへもぐりこんだ。

　悠さんの肌は日なたの匂いがして、違和感なくなじんだ。すでによく知っていた場所のように。風の音も気にならなくなって、親鳥の羽に温められるひなみたいに、私は安心することができた。

「ずっとここに住めたらな」

　心配なのは、それだけだった。

　私を脇の下へ抱えこむようにして、悠さんは黙りこんだ。そして、少し考えるようにしてから、

「できないこともないよ。寿々がそう望むなら」

　それが実現できたら、どんなにいいだろう。いつまでもこの家を貸してもらえて、いつまでもこの生活がつづけばいい。

　青い星のような蝶をみつけたのも、そのころだ。

　感激を残しておきたくて、さっそく課題そっちのけで、私は蝶を題材にして一枚の水彩画を描いた。

使う絵の具にはどれにも少しずつブルーを混ぜて、ブルーのグラデーションを感じさせる絵。青い空に青い蝶。

――この楽園が、永遠でありますように。

壁を飾るたくさんの絵の群れへ、青い蝶の絵も加えて貼りながら、それだけを私は願っていた。

それは、夏休みが明けたばかりの、蒸し暑い夜だった。

スナックやバーがひしめく界隈《かいわい》を私が訪れたのは、例のごとくアリバイ作りのために、倫子に呼び出されたからだ。

『寿々、またお願い』

午後の八時に携帯電話へかけてきて訴えるには、松浦くんから急に、バイト代が入ったから映画に行こうと連絡がきた。私といっしょに飲んでいることになっていて、松浦くんが車で迎えにくるという。

「買い物とかってごまかしたら?」

『だめよ、お酒の匂いでばれちゃう。お店のほうは、無理言って帰らせてもらうか」と「発見」!

じゃない

充実人生をサポートする

祥伝社新書

SHODENSHA SHINSHO

ら。助けると思って、すぐにきてよ。タクシー代出すから』

「毎回あわてるくらいなら、内緒のバイトなんかやめればいいのに」

と、ぼやきながらやっぱり応じてしまった私は、倫子に言われる通り、お人好しなのかもしれない。

倫子のバイトしているスナックは、細長いテナントビルの五階だ。店名だけの小さな看板がトランプのようにずらっと並べて掲《かか》げられ、何軒入っているのかすぐには数えきれない。

ドアを開けると、アルコールとたばこの匂いとカラオケの歌が押し寄せてきた。

「あの、倫子さんの友達なんですけど」

いちばん近くにいた女の人に、遠慮がちに声をかける。

「みちこ？　ああ、ミカちゃんね」

そうだった。本名はやぼくさいと言って、倫子は、店ではミカと名のっているのだった。

「ミカちゃん、今、お客さんをお見送りに通りまで出てるの。どうぞ、入っていて」

「いいです。外で待ってます」

私は断って一階まで下りて、ビルの入り口から少し離れた暗がりに立った。

まったく統一感のないネオンがあふれて、目が痛くなりそうだ。サラリーマンらしいグループが、酔って足元をふらつかせながらひっきりなしに通っていく。

こういう場所は苦手だ。人間の薄汚れた部分ばかりを集めたようで、その濁った空気が、私の身体の内側までしみついてしまいそうだった。

ビルの中から、また一組、客が出てきた。

スーツを着た数人連れで、中の一人が、他の人の機嫌をとるように、しきりに何か言いながらぺこぺこと頭を下げている。接待というやつだろうか。

——いやだなあ、あんなに愛想笑《あいそわら》いして。

顔をしかめながらながめていて、気づいた。

似ている……、悠さんに。

きちんと梳《と》かしつけられた髪、眼鏡《めがね》をかけて、服装はぜんぜん違う。でも、似すぎている。

胸のざわつきが抑えられない。数人連れを見送りした女の人がビルの中へきびすを返すのを、私は呼び止めた。

「あの、すみません、今出ていったストライプのネクタイの人って……」

「社長のこと？」

「社長？　名前って、もしかして西川さんっていうんじゃ……」

「西川じゃなくて、西崎《にしざき》さんだけど。西崎紡績の社長さん。お知り合い？」

訝《いぶか》しげに問い返されたとき、もどってきた倫子が私をみつけて、「ごめんねー、寿々」と高い声をあげて駆け寄ってきた。

「すぐ行こうか。あ、この服じゃだめだ。学校で着てた服に、どこかで着替えなきゃ」

タイトミニの赤いワンピースを、しきりに倫子は気にしている。彼女の声は、ほとんど私の耳を素通りしていた。


放課後の図書館で、パソコンのキーボードをたたく。インターネットにつないで検索をかけると、西崎紡績のホームページがみつかった。

西崎紡績株式会社は、大企業ではないけれど、社員数二百人以上の会社だ。

創立、昭和三十三年十月。資本金、一億三千万円。事業内容、合成繊維スパン糸、合成繊維ウール混紡糸の製造及び販売。

本社工場と社長の写真も載っている。スピード証明みたいな、のっぺりした顔写真。それは、やはり悠さんに似ている。

西崎雄三《ゆうぞう》……、西川悠……。

廊下へ出て、書きとめておいた会社の電話番号を押した。

「私、武藤《むとう》といいます。社長の西崎さんをお願いしたいんですが。いえ、武藤と伝えていただけばいいです」

掲示物で目についた名前を言って、取り次ぎをたのむ。たぶん心当たりがないということで、保留音はなかなか切れない。

五分以上も保留音がつづいたあと、再び、電話がつながった。

『お待たせしました。西崎ですが』

慎重《しんちょう》に警戒しながらも、あくまで表面はにこやかな口調。

悠さんの声だった。電話ごしでトーンが少し変わっているけれど、それでも判別はつく。

『もしもし？　お電話、代わりましたが』

返事をしないまま、私は受話器を置いた。

あの人は、悠さんと同一人物なのか、違うのか。調べようとすれば、まだ他にも方法はあった。悠さんを尾行することだってできる。

でも、否定の材料がみつかるより、疑惑が形を明らかにしていくだけだということは、もうわかっていた。

——だまされた。

いっきに合点《がてん》がいった。私は、だまされていたのだ。

仕事がビルの警備なんて嘘、名前は偽名、たぶん結婚もしているだろう。でも、だまされたとは、そんなことじゃない。

同志だと思っていた、自由な人だと思っていたのに。

蒸し暑いのにスーツを着こみ、ネクタイを締めて、きっちりと梳かしつけた髪で、愛想笑い。あの姿は、私のきらいなオトナそのままだった。

午後七時ごろに帰ってきた悠さんは、無言で立つ私を見て、「体調悪いの?」と顔をのぞきこんできた。

追及してやる、ぜんぶ嘘だと突きつけてやる、と息巻いていたのに、のどまで出かかっていたことばが止まった。

私の額に手を当てる悠さんの心配げなまなざし。そこに嘘はなかった。

また夜中から出るというので、すぐに夕食にする。

食欲はなかったけれど無理に食事を口へ運び、テーブルの向かいに座る悠さんの顔を窺《うかが》いながら、私は考えていた。

どうして、悠さんは、私に嘘をついたのだろう。女の子をナンパするなら、社長で金持ちだと言ったほうが成功率高いのに。住むところだって、マンションとかのほうがきっと好まれるのに。

――そうだ、この家……。

だまされたことで頭がいっぱいになっていたけれど、やっと気づいた。

この家は、たぶん以前から使われている。私と知り合うより、ずっと前から。

では、悠さんは、ひとりでもここへきていたのだ。

街で見かけた「西崎社長」は、目の前にいる悠さんとはまるで別人だった。服装も、しゃべり方も、表情さえも。

別人……。もしかすると、他の目的などないのかもしれない。別人になること、そのものが目的なのではないか。

大勢の社員を抱える会社の社長として、ふだんは経営に忙しくすごす。ときおり、髪型を変え、服を変え、だれにも知られずに西川悠になる。地位も財産もない、その代わりに何にも束縛されない人間に。夢のままに生きている、こうありたかったという人間に。服はコインロッカーにでも入れておいて、街をぶらついたり、この家で絵を描いたり。そして再び、西崎雄三になって帰る。

悠さんの中だけで演じられる、別人の芝居。

でも、どうして？

いつから？　一年、二年……、もっと？

その年月を推《お》し測《はか》ることは、悠さんの闇の部分をのぞくような、何か底知れないものを感じさせた。それは怖さよりは、なぜか哀《かな》しみに近い。

私の想像は当たっているか、はずれているのか。どちらにせよ、言わないということは、知られたくないということだ。悠さんはここでは、西川悠でありたいのだ。それを指摘してどうなるだろう。

——わかった。もういいよ。悠さんが、そうしたいなら。

心の中でつぶやいて、私は席を立つと、悠さんの背中から両腕をまわしてきつく抱きしめた。

「どうしたの？」

彼はとまどって、箸《はし》を持った手を宙で止めてふり向く。

「ううん、なんでもないっ」

ことさら元気に、私は明るく答えてみせる。

疑問の芽は、正直に探せば、私の中にもかけらもなかったわけじゃない。認めれば綻《ほころ》びが出そうで、意識から消していた。

気づかないふりをしよう、これからも。そうすれば、この暮らしがつづいていくのだから。

涼風《すずかぜ》が立ち、さらりとした空気の中に金木犀《きんもくせい》の香りが漂《ただよ》って、やがて街路の銀杏《いちょう》が黄金《きん》色の葉を落としはじめた。

秋が深まっていくとともに、悠さんは、だんだん無口になった。

もともと口数は多くないし、新しく描いた絵を見せれば微笑んでくれるけれど、すぐに表情が曇《くも》ってしまう。

この家を出た外の世界で、何かあったのかもしれない。心配だけれど、「西崎雄三」であるときのことは、あえて私は考えないようにしている。

『今日は、ちょっと帰れなくなったから』

悠さんが帰るはずだった日の夜、私の携帯に連絡が入った。このごろ、こういう変更が多くて、もう半月以上、悠さんの顔を見てさえいない。

「この間、どろぼうが入ってね。警備を厳重にしているんだけれど、人手が足りなくて」

そう説明されている。

「わかった。明後日《あさって》は？　悠さんの誕生日だよ」

ああ、そうだったか、と、息の抜けるような声の返事が聞こえた。自分でも忘れていたのだろう。

『じゃあ、明後日は、必ず一度帰る。何時になるかわからないけれど』

「お祝いしようね。私、ケーキも作るね。ハッピーバースデーって書いたやつ」

『ケーキで祝うような年齢じゃないよ。もう四十だよ？』

電話の向こうで、悠さんはちょっと笑っていた。

誕生日の当日。私は料理と、苺《いちご》を飾ったデコレーションケーキを作り、シャンパンも買って、テーブルに小さなキャンドルを灯《とも》して待っていた。

でも、悠さんは帰ってこなかった。翌日も、翌々日も、落ち葉を踏みしめる足音は聞こえなかった。

一週間後になって、私は新聞の隅《すみ》にみつけた。西崎紡績代表取締役社長の会葬案内を。


クモ膜下出血で倒れて急死だったと、会社へかけた電話で知った。

学校を休んで何日かをぼんやりと私はすごし、そのあとは、出席してもやっぱりぼんやりする日を送った。霞《かすみ》がかかったように、時間の流れや出来事に実感がない。

何日めだったか、雑木林の中の家でひとりきりの夕食を食べていると、こちらへ近づいてくる足音がする。

——悠さん！

裸足《はだし》のまま、私は庭先へ走り出た。

けれど、そこにいたのは悠さんではなかった。衿《えり》に小さなバッジをつけた濃紺のスーツの見知らぬ訪問者は、西崎氏の弁護士ですと自己紹介した。

「弁護士……」

この家と土地は、友人の留守宅などではなかった。悠さんの所有物だった。

「西崎氏は、遺言状で、ここの権利の相続人をあなたに指定されていたのです」

いつかの悠さんのことばの意味が、ようやくわかった。寿々が望むならとは、そういう意味だったのだ。

でも、弁護士はつづけて言った。申し訳ないが、相続を辞退してほしい。良識として、ご遺族がすべて相続されるべきである、と。

きっぱりと、私は答えた。これほど私が意思表示したことはないほど、強く。

「いやです」

良識なんて関係ない。この家は、悠さんが遺《のこ》してくれたのだから。私のために。

絶対、だれにも渡さない。

西崎紡績社長の自宅の住所は、電話帳ですぐにわかった。

高い塀に囲まれた、広い敷地のりっぱな家だった。

ここに住んでいる人たちにぜんぶを話して、私は宣言するつもりだ。あの古い木造の平屋は私のものだと。なぜなら、あの家の価値がわかるのは私だけだからだ。

勢いこんで門の正面に立ったけれど、どこか気配が妙だ。

門を越えた向こうの塀に、何か貼られている。派手な色使いをした不動産会社の広告。

――売り家？

どういうことだろうと思ったとき、少し離れたところに男の子がいるのに気づいた。

黄色い通学帽をかぶりランドセルを背負った小学生が、鉄の門に両手をかけて、ひたと中を見つめている。すうっと背筋がこわばって、ある予感がした。

――もしかしたら、この子は……。

私が歩み寄ったのを感じて、男の子がこちらをふり返った。

目が合ってしまった。名札に『西崎』の姓。男の子は唇をきつく結んで、泣きそうなのをこらえている。

「あの……」

声をかけようとしたとたん、ぱっと男の子は駆け出した。追いかけることはできなかった。

もらっていた弁護士の電話番号に連絡をとって、私は初めて知らされた。

運転資金のショート、連鎖倒産、とか弁護士は説明してくれて、つまり、西崎紡績は大変な状況に陥《おちい》っているのだということを。

私は悠さんの家族のことを、鬼の家族だと決めつけていた。ガミガミの鬼妻に、生意気な鬼子ども。不幸な家庭生活、なんて安っぽい人生相談みたいに。

でも、違ったのかもしれない。

西崎雄三の生活も、悠さんはたいせつにしていたのかもしれない。ただ、そこには収まりきらない部分を心の奥に潜《ひそ》ませていただけで。

一日考えて、私は相続を辞退することに決めた。

部屋に貼ってあった悠さんの絵は、全部はずして、まとめて庭で燃やした。

この家と土地はすぐに売りに出されて、いくらかのお金に換えられるはずだ。

二年の過程を終了して、優秀な成績とは言いがたかったが、どうやら私は専門学校を卒業することができた。

今、私は小さなデザイン事務所で働いている。パソコンを使って、チラシやフリーペーパーの構成をするのが仕事だ。

倫子と松浦くんは別れた。彼女が店の客とブランドのバッグを買いに行き――それは一晩をすごした翌日ということだったらしいのだけれど、そこでクラスメートがバイトしていて鉢合《はちあ》わせした。始業前の教室で、松浦くんは、銀のペンダントを自分の首からむしりとって倫子へ投げつけた。

倫子は、スナックのバイトをつづけながら、就職先を探している。

ときどき約束して会うけれど、今でも、彼女は酔っぱらうと松浦くんのことを口にする。「やなやつだったよね、あいつ」とくり返しながら、彼についてながながとしゃべり、私は黙って話につきあう。彼女がテーブルにつっぷして眠ってしまうまで。

勤めのかたわらで、私はオリジナルのイラストを、コンクールに応募したり出版社や新聞社へ売りこんだりしている。今日も、休日を利用して、タウン情報誌の編集部へイラストを見せに行ってきた。

デザイン事務所の給料は安いし、残業も多い。好きなことだけしていられる生活とは、ほど遠い。

でも、消えていくものを留めたいから描くという気持ちは、失いたくない。

途中でスーパーに寄って、ひとり暮らしの街中のアパートへ向かう。

ひんやりと冷たいコンクリートの部屋は、壁が薄くて隣室の物音まで聞こえてくるし、近くの道路は車がひっきりなしに通る。雑木林の中の家のような静けさは望むべくもない。

どうして悠さんは私に声をかけたのか。家を遺そうとまでしてくれたのか。

今でもよく考えるけれど、答えはわからない。悠さんが別人を演じていたという想像だって、確証はない。

なにもかも、謎のままだ。

公園の角を曲がったところで、アパートの建物が見えてきた。ポケットの鍵を手で確認する。脇をトラックが走り抜けて、吹きあがった排気ガスに咳《せ》きこんだとき。

視界の端をふわりと動くものがかすめて、あっと思って顔を上げた。

青い星が降ってきた。

――あの蝶だ。

もう一度みつけられるなんて、思っていなかったのに。

悠さんが教えてくれたことを、私は思い出した。本来の生息地域からはずれてしまった迷蝶も、迷い着いた土地で繁殖できることもある。去年の夏に見た蝶と、今目にしている蝶が同じ個体なのかはわからない。でも、

――ついてきてくれた。私についてきてくれた。

そう思った。

悠さんと二人で蝶を見つめた日の、あの想いがよみがえってくる。

あの日、まぎれもなく私は幸福だった。悠さんから幸福をもらっていた。すべてが謎でも、それだけは確かだ。

私の中の時間が、ゆっくりと動きはじめる。

悠さんは、もういない。そのことが少しずつ、ようやく鋭い実感を持って迫ってくる。

――だいじょうぶだよ、悠さん。

蝶を通して悠さんの面影《おもかげ》に語りかけたけれど、あの蝶そのものが悠さんであるような気もしていた。

——私、ちゃんと歩いてるよ。私は、私のままで行くよ。

旋回しながら、蝶は遠ざかっていく。見失わないように、私は目をこらす。青い蝶は、ほんとうに星のような小さな点になって、空の色に滲《にじ》んで溶けた。

恋する、ふたり

前川麻子

前川麻子（まえかわ・あさこ）
東京都生まれ。俳優としてヨコハマ映画祭最優秀新人賞などを受賞、現在まで多くの映画、舞台で活躍。2000年、『鞄屋の娘』で小説新潮長編新人賞を受賞しデビュー。演劇で培った独特の鋭い感性で人間心理を描く、期待の新鋭である。著書に『明日を抱きしめて』『愛という』『ネイバーズ・ホーム・サービス』『ファミリーレストラン』『すきもの』『パレット』などがある。

その夜、母が新しい恋人を連れてきた。

黒いステンカラーのコートを羽織《はお》って、白い洗い晒《ざら》しのシャツを着た、すらっとした男の人だ。

「夜分《やぶん》にお邪魔して、すみません」

短い黒髪がつんつんしている小さな頭をちょっと下げて、その人は言った。

「彼が、こないだ話した、モリカワくん」と、声だけ明るく弾《はず》ませて、母はあたしから視線を逸《そ》らした。

母は、こんなとき、いつも照れる。新しい恋人をインターネットの出会い系サイトで探すという、恥ずかしげもない行動をとるくせに、現実世界にいる母は、恥ずかしがりだ。

「これ、娘の、華子《はなこ》」

目の前で爽《さわ》やかな笑顔を見せている男の人が、母がこないだ話してくれたモリカワくんだとしたら、年齢はうんと若いと聞いている。

若いといっても、母が半年前まで付き合っていた男の人と同じで母より八つ下のはずだから、母にしてみれば、特別なことではないのだろうが、今、中学一年で十三歳のあたしに当てはめて想像すると、恋人は五歳の幼稚園児ということになる。ありえない。

同い年の恋人の方が良さそうなものだが、母が半年前まで付き合っていた人といい、母の新しい恋人といい、世の中では二十七歳の男の人が、余っているのだろうか。

モリカワくんは、落ち着きなく立ったり座ったりして、居間にある本棚を眺《なが》め、「へぇ」とか「お、これは」などと言っている。

あたしは、お土産《みやげ》に貰《もら》ったカスタードプリンをスプーンですくいながら、そんな光景を眺めていた。

見慣れたものだ。

一年前に母が離婚した男の人も、最初は似たような感じだったし。それ以上前のことになるともう覚えていないけれど、とにかく、母にはいつも恋人がいて、たまに結婚したり、それと同じ回数の離婚をしたりして、そのたんびに「もう結婚なんかしない」と言うし、しばらくすれば「誰か素敵な人はいないもんかな」と急にお洒落《しゃれ》に精を出して夜遊びに出かけたりするし、新しい恋人ができれば、こうやってまずは家に連れてきて、あたしにお披露目《ひろめ》してくれる。

母の連れてくる男の人は、基本的にみな行儀が良く、明るくて、そこそこに見栄《みば》えが良く、徹底して母に優しい。

年齢や雰囲気はまちまち、中でも、あたしに対する接し方が一番色々あって、面白い。

いつまでたっても妙に他人行儀でなつかないタイプもいれば、最初っから親戚みたいに厚かましいタイプもいるし、あたしと顔を合わせることをできる限り避ける人、お父さんぶる人、友達っぽくしようと無理する人、あたしをまるでペットかなんかのように愛《め》でようとする人、本当にさまざまだった。

勿論《もちろん》、いい感じの人もいれば、嫌な感じの人もいるし、あたしにだって、人に対する好みというものはあるけれど、どう接されようが、あたしにとって、彼らは、母の恋人でしかない。

だから、モリカワくんのように、テーブルの上で堂々と母の手を握りながらも、「僕、中学生の女の子の家庭教師やってたことあるよ」と、あたしに笑顔で話しかけてくる男の人はわかりやすくて扱いやすい部類に入る。

「モリカワくんね、英語強いんだよ。教えてもらえるよ」

その言い方から、母が、自分が教えてもらうつもりでいることが伝わった。

「いや、僕も、中学から、おさらいしたいよ」

小さな顔の上で、横に広くのびた唇をかぱっと開いて笑う、この男の人は、これから、どれくらいの時間を母と過ごすのだろう。

あたしは、恋をしている母が好きだ。

急にはしゃいだり不機嫌になったり泣いていたり怒っていたりと、気分の浮き沈みはいつにも増して激しくなるけれど、そういう母は、いきいきとして、可愛《かわい》らしい。

ある日突然に、大きな買い物の紙バッグをいくつもぶら下げて帰ってきたとき、母の恋はもう始まっている。

今回は、ちょうど一週間前の月曜日だった。

帰ってきた母がどさっとテーブルに置いた紙袋からは、ベージュの小さな花がプリントされた柔らかそうな黒いワンピース、履《は》くのにうんと時間がかかりそうな細い革のブーツ、生成《きな》り色のレースで作られたキャミソールとタップパンツのセット、きらきら光る肌色の口紅が、次々と現れた。

もちろん、今日の母は、新しいワンピースを着て、つやつやの唇をしている。

母は、今朝からずっと歌を口ずさんでいた。どうして恋の始まりに「別れのサンバ」なのかわからないが、これも恋する母の定番だ。

これから、これまで見たこともないようなジャンルの趣味の小物が、あたしたちの暮らす部屋に置かれるようになるだろう。

これは恋した男の子の趣味によって、さまざまだ。フォーク・ギター、「ブルース・リーのすべて」、競馬新聞、葉巻の入った木箱、猫、水彩絵の具セット、一眼レフのカメラ、釣具、電動ドライバーセット、プレステ2などなど。スノーボードやテニスのラケットが部屋に置かれたことはないから、母の、男の人の好みには偏《かたよ》りがあるのだと思う。

そして、それがなくなったときが、母の恋の終わりだ。物には執着しないのかもしれない。今ここに残っているのは、猫だけだから。

この男の人は、何を持ってくるだろう。

モリカワくんは、じっと見つめているあたしの視線にちゃんと笑顔を返しながら、まるでそうしていることがずっと昔からの習慣になっているみたいに、母の手を握っていた。

母は、左手をモリカワくんのすんなりした綺麗な指先で包まれながら、右手では煙《たば》草《こ》を持って、横向きに煙を吐き出している。

やっぱり照れてる。

その横顔が、とても女性らしくて美しかったから、母はきっと、とても嬉《うれ》しいのだろうと思った。

あたしが、母の恋人に点数をつけるのは、その一点だけだ。

母が、幸せな気持ちでいられるか、どうか。

少なくとも、その夜のモリカワくんは、合格点だった。

「ねえ、どう思う？　彼」

母が訊《き》いてきたのは、あたしと母とモリカワくんの三人で、初めて食事に出かけた日だ。

駐車場に車を停めに行ったモリカワくんより先に、あたしたちは部屋に戻って、お風呂に湯を入れていた。

その日、母は真っ白なTシャツの上に、てろりと溶けそうな手触《てざわ》りのカーキ色のシルクのカーディガンを羽織っていて、もりもり焼肉を食べたあとの頰は、オレンジ色に染まっていて、本当に綺麗だった。

テーブルを挟んで向かい合っていたあたしは、ついついうっとりと見つめてしまい、母が「何よ」と笑った。

そして、「ねえ、どうよ。どう思う？」と、母は食い下がる。

「いいんじゃない」とあたしは答えた。

母は物足りなそうに口を尖《とが》らせて、「ほんとに？」とあたしを見た。

たとえあたしが「駄目だね、あれは」と言ったところで、母は「でも、好きなんだもん」と反抗するに決まっているのに、いつだって、あたしの意見を訊く。きっと

「すごく素敵な人だね」と言って欲しいのだろう。モリカワくんは合格点だから、そう言ってあげてもよかったのだけど、あたしはまだ彼をよく知らないので、慎重《しんちょう》になる。

「やっぱり、頭と育ちは大事だね」と、母は上機嫌に恋人の自慢を始めた。「なんだか最初っから、すごく落ち着いたお付き合いができる感じなのよね」

部屋の中に、お湯の柔らかな匂いが立ち込めている。

「それとね、私、モリカワくんの、顔が好きなんだ。綺麗だと思わない?」

自分では絶対に認めないが、母は実際、面食いに違いない。

「うん。なかなか、かっこいいと思うよ」と答えると、母は少し笑って、着ていたTシャツをするりと脱ぎ、風呂場に消えていった。

このところの母は、すっかり長風呂だ。洗面所の棚の上には、何種類もの入浴剤が並び、いつも下ろしたての下着を身につけるようになった。洗濯物を畳《たた》むのは、あたしの役割分担だから、母のクロゼットにどれほど新しいキャミソールとショーツのセットが詰め込まれているかが、簡単に想像できる。

恋をすると綺麗になるというのは、まったくもって大人の真実だろう。

モリカワくんと付き合うようになってからの母は、肌もつやつやと輝いて、朗《ほが》らかで、身綺麗にしていて、自信に溢れている。

もともとが、大きな目にくるくるといろんな表情を浮かべる愛嬌《あいきょう》のある人で、三十五には見えないスタイルとセンスと出鱈目《でたらめ》な性格だから、男の人にはよくモテた。あたしの小学校の卒業式のときも、同級生の男の子たちから口々に「お前のお母さん、若くて美人だよな」と羨《うらや》ましそうに言われて、あたしも嬉しかった。

「もうちょっとケチケチしても、言い寄る男には困らないのにさ」と、母の友人であるマキコちゃんは言うけれど、あたしに言わせれば、自分の魅力をよく知っていて、誰にでも惜《お》しみなく振りまくからこそ、母は素敵なのだ。

母は、時に、女の人にも同じように恋をする。

玄関のドアが開く音がした。

モリカワくんが合鍵を持っているわけではないのだが、うちのドアはいつも施錠《せじょう》されていないので、この頃はピンポンを鳴らさずに上がってくるようになった。

あたしは台所に行って、コーヒーを淹《い》れる用意をする。それくらいのサービスは抵抗なくしてあげられる。ありがとうを言わない人には何もしてあげないけれど、母の恋人でありがとうが言えない人は今までに一人もいない。

仕事帰りのモリカワくんが毎晩のように寄るようになって、綺麗になったのは母だけではない。いつにも増して家の中が綺麗だ。

フルタイムの仕事を持たない母は、もともと家事をやるのが趣味のような人だったが、最近は、掃除も洗濯もいつもの倍くらいこまめにやるようになったし、料理のレパートリーも増えた。ついでに言うと、お休みの日にあたしが家でごろごろしていると、「天気いいんだから、どっか出かければ」とお小遣《こづか》いも弾んでくれる。きっと恋する二人には、年頃の娘が邪魔なのだろう。だから、母の恋は、あたしにもいいことずくめだ。

「あれ？　可南子《かなこ》さんは、お風呂かな？」

モリカワくんは、猫を抱き上げながら、鼻をひくひくさせて言っている。

あたしは、母のことをあたしに「おかあさん」とか言う男の人が苦手なので、モリカワくんがちゃんと「可南子さん」と言ったことに安心した。

「モリカワくんも、入れば？」

そうあたしが言うと、「よし。じゃあ、みんなで入るか」とモリカワくんがあたしを見たので、冗談だとわかっていても、反射的に「やだよ」と言い返してしまった。恥ずかしがりは母譲りだ。だけど、こういう冗談を言うところが、きっと、彼の頭の良さなんだろうなとは感じた。

「失礼、失礼」

モリカワくんは真面目《まじめ》な顔で、あたしに謝っている。

あたしは、彼が照れていることに気がついた。

そして、へえ、と思った。

一緒に焼肉を食べながら聞いていた話によると、モリカワくんのお父さんはお医者さんで、大学生の弟がいて、兄弟は二人とも、もう大人なのに家族と一緒に暮らしていて、犬を飼っている。彼の仕事はサラリーマンで、母は「だから、あたしよりよっぽど社会性があるわけよ」と、モリカワくんを前にしながら彼を自慢していた。

なるほど、こういう場合に失礼と謝るところが、きっと、その社会性とやらに違いない。

だけど、あたしを前にして照れているのは、どういう性質がそうさせるのだろう。

もしかしたら、母が入浴していることに照れているのかもしれない。大人は裸のイメージに過敏だから。

最近は、母の裸など滅多《めった》に見ることもないが、それでもスタイルの良さは、充分わかっている。

「モリカワくんはさ、うちのお母さん、綺麗だと思う？」

「思うよ」

あたしの質問に、彼は即答した。大真面目な顔のままだった。

「好みのタイプだったの？」

今度は、「は」というふうに口を開けて、息を大きく吸ったきり、しばらく固まってしまった。

「だって、出会い系でしょ？　お母さんは、せっかくこういうシステムなんだから顔で選ばなくちゃって言ってたもん」

そう言ったあたしに、「は」の口を「む」に変更した彼は小さく何度も頷いて、「なるほどね。じゃ、僕は顔で選ばれたわけね」と答え、それから我慢できなくなったみたいに、ははは、と声を上げて笑った。

「なるほどね。ま、そうだよね。そういうことだよね。僕にしてもさ、可南子さんが登録したプロフィールの画像見て、好みじゃなかったらメールしてないってことだよな」

当たり前のことを今更、とは感じたが、モリカワくんには何か別の意図があって、そんなことを言ったのかもしれなかった。

「そうだよ。お母さん美人だし、すごくモテるんだよ」

これは、常々、母から男の人の前では、機会があったらそう言うように言い聞かされていることで、あたしは、この台詞《せりふ》をちゃんと伝えることさえできれば、それで肩の荷が降りたような気分になる。

「だよねえ。そうだと思うよ。うん。ほんとに」

彼は屈託《くったく》のない笑顔で言う。

普通のときでも充分に人目を惹《ひ》く魅力的な女の人で、しかも独身である母が、恋をすれば更に綺麗になるのだから、無敵なはずだ。

「やきもちとか、やかないの？」

「やかない……ことはないけれど、つまりは、信じられるかどうかってことなんじゃないのかなあ。それに、モテるってのは、悪いことじゃないよ」

彼は、はきはきと、わかりやすく、ゆっくり、言葉をちゃんと選んで喋《しゃべ》る。母は、いつもあたしに、ゆっくりはっきりわかりやすく丁寧《ていねい》に言葉を選んで話すようにしなさいと言うから、その好みにぴったりな、きちんとした喋り方だ。

「華子さんと可南子さんはよく似てるから、きっと、もう少ししたら、あなたもすごくモテるようになると思うよ」

にこにこと、お兄さんらしい笑顔で、彼はそう言った。

ほんとのところ、あたしは、すでにモテる。

それはきっと、あたしが同級生の男の子たちをあんまり男の子として意識していないからだろうし、周りの女の子たちみたいに、きゃあきゃあと男の子のことで騒ぐことがないから、ただ付き合いやすい友達だと思われているのだろう。

「同い年のコなんて、あなたには子供っぽいんじゃないの」と母は言うが、そんなことはない。男の子は、いつでも男の子だ。

ただ、まだ男の子を男の子として扱うやり方が、あたしにはわからない。

どうせいつか恋をするのなら、母のように、自分自身が驚くほど変身するような恋をしたいと思うし、母が男の人を扱うときのように、きちんと男の子らしく扱ってあげたいと思う。それに、恋をするときには、母のように綺麗になりたい。

気に入っている男の子はいるけれど、それは、仲良しの友達とか、すごく好きな友達とかの感覚だと思っている。林《はやし》くんて面白い男の子だなあ、という興味くらいで、とても母のように綺麗に変身することなど、できない。

つまり、あたしには、まだ恋の準備ができていない。

「僕は、ずっと男子校だったからさ、華子さんみたいな年齢の女の子と、どう接したらいいのか、実は、すごく、難しいなあと思っていてさ」

モリカワくんは、あたしが淹れたコーヒーを苦そうに飲みながら、あたしに話した。

「それと、実は、ここだけの話なんですが、年上の女の人とお付き合いをするのも、可南子さんが初めてなものだから、それも、難しいと言えば難しいのだけど」

そう言って、唇をぴょんと横に引っ張り、微笑《ほほえ》んだ。

あたしには、全然そんなふうに見えない。難しいと言いながら、辟易《へきえき》しているでも、困惑しているでもなく、かといって卑屈《ひくつ》だったり謙遜《けんそん》していたりという様子でもない。この人は、いつも自分に適切な自信を持っている人なのだろう。

母のような気まぐれで子供っぽい女の人を、こんなにうまく扱っているのだから、よほどたくさん恋の訓練をしてきた人なのではないかと思っていた。

「つまり、何が言いたいかと言うと、僕は、年齢に関係なく、あなたたちを、あなたたちとしてそのまんまに受け入れることしかできませんっていう、言い訳なんだけどね」

へへへ、と自分で可笑《おか》しそうに笑って、あたしの顔を見る。

母は飲兵衛《のんべえ》だし、一日に二箱の煙草を空けるチェーンスモーカーなのに、モリカワくんは、煙草もお酒もやらない。彼はしらふのままで、咳《せ》き込みながらでも、母の隣にいたいのだ。きっとモリカワくんは、手馴れた恋としてではなく、どうしようもなく母に恋してしまったのだ。

「なるほどね」あたしは、彼の口癖《くちぐせ》の真似をした。今日一日で五回以上は聞いているから、「なるほどね」は絶対に彼の口癖だ。

「モテるとか、モテないってさ、そうやって、自分のことをちゃんと人としてそのまんまに受け入れさせる力、というか、能力、うんと、才能？　センス？　っていうか、感覚。そういうのが、あるかどうかってことなんだと思うんだけどな」

なるほどね、を言う場所を間違えたかな、と思った。

彼の言うことが正しいとすれば、母は間違いなくそういう人種だ。離婚した男の人たちも、別れた恋人たちも、みんな未《いま》だに、母ともあたしとも普通に連絡を取り合うし、前よりずっと仲良くなっているようにさえ思える。

母は「あんたは、お父さんがいっぱいいて、いいわね」と、あたしに言うことがあった。母は、自分が父親を早くに亡くしているので、「お父さん」がちゃんとやれる男の人にどうしても惹かれてしまう、とも言っていた。だが、母という人は、恋をしているときはとても女の人らしく変身するのだが、どちらかと言えば、もともとは、お父さん役をやる人だと思う。実際、これまでに母が結婚した男の人は、みんな、お母さん役が上手な人だった。

でも、もしかしたら、母自身は、そのことに気がついていないのかもしれない。それに今どき、小学校の社会科でだって、お父さん役・お母さん役という区別はないものとして教えられるのだから、母のこだわりは、まったく意味のないことだとも言える。

それとも、そういう無意味なこだわりがあることに、母の、女の人としての秘密が隠されているのだろうか。人として、ありのままに受け入れさせてしまう才能の秘密が。

「うまくいくといいね」

自然に、そんな言葉が、口をついた。

モリカワくんは、また「は」の口をしたが、すぐに「ふ」に変えて、笑って頷いた。

心配するまでもなく、母とモリカワくんは、とてもうまくいっている。

彼は、半年前の男の人みたいに、毎晩母にメラトニンを飲ませるような言動をしなかったし、母も、半年前の男の人のように、言葉が出なくて拳を振り上げるほど彼を責めるような真似はしなかった。

いつからか、母のパソコンの横には、赤いミニクーパーのミニカーが飾られていた。ミニカーではなく、本物の車の方が彼の趣味である。

母がモリカワくんを好きになればなるほど、あたしも彼を好きになった。勿論、母の恋人として。

モリカワくんは、殆《ほとん》ど毎晩、サラリーマンの仕事が終わった遅い時間になってから食事をしにきた。

いつからか、食材を買うのも、調理をするのも、三人分が目安になっていて、彼が来なかった翌日は、あたしか母かのどちらかが、用意してあったのに残ってしまった前日と同じ一人分のメニューを食べた。

あたしと彼とは、母の長風呂の待ち時間に、よくお喋りをした。居間で、音楽を聴きながらテーブルを挟んでコーヒーを飲む時間は、まるで、あたしとモリカワくんが恋人同士になったような、おかしな感覚だ。

あたしと彼は、間違いなく親しみを感じていたし、彼が「おす」とあたしに声をかけてくれると、妙にほっとする気持ちになる。その感覚は、あたしにとってお気に入りの男の子の友達を想う気持ちとは、ずいぶん違うものに思えた。

彼があたしに話すことは、「こないだ、可南子さんと喧嘩《けんか》してたの、知ってる?」だったり、「英語の授業はついていけてる?」だったり、「この猫、ちょっと太ったんじゃないの」だったり、「ポテトチップで一番好きな味はなに?」だったりする。

そもそも、母の恋人とあたしが話して弾む話題など、あるはずがない。あたしたちの会話は、彼の話したいことや訊きたい（というほどではなくとも、その場しのぎの思いつきとしての）ことに、あたしがミニマムな単語で答える形が多い。

たまには、あたしが母のスパイになることもあったけれど、概《おおむ》ね役に立たなかった。それは、あたしが母に依頼されたことをなんとかうまく訊き出そうとするときには、すでに母が直接彼に答えを出させているからだ。

母は、何かあったときのためにと、モリカワくんとあたしに携帯電話の番号とメールアドレスを交換させた。

あたしは面白がって、仕事中の彼をチャットに誘い、他愛《たあい》のない二言三言を交わしては、母に報告した。

——ちぃーす。と、あたし。

——うぃうぃ。と、モリカワくん。

——今日の可南子さんは、ご機嫌悪し。と、あたし。

——あら。どしたの。と、モリカワくん。

——さー。と、あたし。

——あ、すまん、常務がきた。と、モリカワくん。

これだけのやり取りでも、なんだかあたしは秘密工作員の気分で、サラリーマンの仕事は大変だなあと思うし、母が彼を一生懸命に労《いたわ》ろうとしている気持ちに、少しばかりは共感できるようになる。

「私と付き合うと、もれなく中学生の娘がついてくる。結局、彼女が二人できたようなものだから、彼なりに大変なのよ」と母は言うが、満足そうな笑顔だ。彼女が二人と喩《たと》えるくせに、母にもモリカワくんにも、あたしのことなど、てんで眼中にないことを、あたしはよくわかっている。それでも、ちょっと嬉しい。

つまり、母とモリカワくんは、とてもうまくいっている。

休みの日の夕食は三人で、というのも定番になった。近所に新しく開店したおでん屋や、母行きつけのレストラン、夜中にケーキが食べられるカフェ、行列が途切れた時間を狙《ねら》って行くラーメン屋。あたしたちは、決して家族連れには見えない。あたしはいつもずいぶん大人に見られたし、母はとても子持ちには見えないし、彼はネクタイを外すと名門私立の高校生に見えたからだ。話しているときにも、母や彼があたしを子供扱いすることはなかったから、あたしには、三人で一緒にいることが、友達と過ごしているのと同じようにリラックスして楽しめる時間だった。

あたしたち三人は、うまくいっていた。

母と彼は毎日、メールか電話かチャットで連絡を取り合い、その上、毎晩、母の寝室にあるセミダブルのベッドで一緒に眠った。

サラリーマンの仕事は忙しそうだったし、世の中の大人の恋人同士が、みんなそれほどに緊密な関係を持つものなのか、他の例を知らないけれど、実は、あたしは、目の前にいる恋人たちが、どうも、少し変ではないかと感じている。

あたしが登校する時間には絶対に起きない母が、モリカワくんの起床時間には、十分前から起きて、鉢植えに水をやったり、やかんのお湯を沸かしたり、時には、出勤する車の中で食べる朝食のおにぎりとかホットサンドとかを作ったりして、彼が起き上がってくるまで、手を替え品を替え執拗《しつよう》に起こし続け、猫舌で飲めなくていつも残していくのに、わざわざ淹れ立ての日本茶をテーブルに置いて、彼が慌《あわただ》しくシャワーを浴びるのを、寝ぼけた顔で眺めている。彼が出勤するときには、必ず玄関まで見送りに行き、路上駐車している車に乗り込む彼と、走り去る赤いミニクーパーの彼に、ベランダから手を振る。

あたしには、それがどうも、やりすぎのような気がして仕方がない。

母の友人のマキコちゃんは、「カナちゃんって本当に女っぽいとこあるよね、時々だけど」とも、「それって、お祭り気分ってことなんでしょ？　カナちゃんにとっての恋愛って、季節ごとのイベントみたいなもんだから」とも、「まあ、カナちゃんのことだから、カナちゃんが飽きるまでは、それが続くでしょ」とも言う。あたしには、お祭り気分の恋愛というのはわからないけれど、マキコちゃんの言うことは、いちいち的確だと信頼しているから、きっとそうなんだろう。

だけど、あたしは考える。

母がモリカワくんに飽きるとしたら、どんなことで飽きてしまうのか。できることなら、あたしがそれを予測して、彼にこっそり指導を与えて、回避させたい。あたしは、モリカワくんを気に入っているし、母と彼がうまくいく相性だと信じているし、もし母があたしに弟か妹を産んでくれるというのなら、その際には是非《ぜひ》モリカワくんの息子か娘であって欲しいと思っている。そうすれば、あたしよりうんと頭のいい弟か妹ができて、いつかあたしに勉強を教えてくれたり、社会についてのノウハウを授《さず》けてくれたりするんじゃないかと思う。

だから、あたしには、母のやりすぎが、とても不安だった。

不安が的中していることは、意外なことに、母の様子からではなく、モリカワくんとのチャットで知った。

——聞いていると思うけど、僕たち、お別れしてしまったよ。

ずん、と胸に杭《くい》を打たれたような。

あたしは、ほかの友達とのチャット画面を全部閉じて、彼のメッセージに集中した。

——でも、これからも、僕は、あなたたちのことを、友人として、変わりなく尊敬している。

——知らなかった。喧嘩したの？

あたしの質問に彼の返事がなかったのは、常務さんが来たからではない、と思う。

「どうしてモリカワくんと別れちゃったの？」というあたしの直截《ちょくせつ》な質問に、母は拗《す》ねた子供のような顔をして、「だって、三ヶ月も付き合ってて、一度も愛してるって言ってくれないんだもん」と答えた。それが、母のつけた彼の恋人としての採点らしい。

あたしには、お手上げだ。だけど、秘密工作員としては、何か手を考えなければならない。

恋をしているときには、あんなに止め処《ど》なく彼のことをおしゃべりした母は、それしか答えずに、あたしに背中を向けて、パソコンのキイボードを叩き続けた。母の机の上のどこにも、赤いミニカーはない。

——お母さんと別れたかったの？

あたしは「モリカワ（取り込み中）」に向けて、光ファイバーを開放する。

——別れたくないよ。

きっと常務さんがいても即答しているに違いない。

——じゃあ別れちゃだめ。

——それは、僕に決められることではないよ。

——友達としての尊敬なんて、たくさんあるから、いらないよ、あたしたち。

——そぉぉぉだよねぇぇぇ。

あたしには、大人の恋人同士の事情は、正直言ってよくわからないけれど、友達でいることと、恋人でいることとの違いは、少しだけわかっているつもりだ。それに、恋人と家族との違いだってわかるし、少なくとも母よりは、モリカワくんが母にどれほど恋しているのかをわかっている。

あたしは、モリカワくんと顔を合わせる時間がなくなってしまうことを淋《さび》しいと思うし、母だってそう思っていることは、ぼんやりした顔でパソコンのモニターに向かって出会い系サイトを徘徊《はいかい》している様子から察することができた。

淋しげな、少しだけ年老いた、いろんなものを飲み込んでいる横顔が、煙草の煙の中に霞《かす》むように浮かんでいる。

あたしは気がついた。

母の机の下に、ぽつんと落っこちているのは、モリカワくんの赤いミニカーだ。

秘密工作員の最後の指令。

——あたしだって、もれなくおまけについてきた彼女なんだから、勝手に別れないでよ。

いつもの即答はない。

——今日はあたしがご飯の用意しておくから、仕事終わったら食べに来てよ。

母が、「お風呂入ろぅかな」と小さく呟《つぶや》く声が聞こえた。時計を見ると、まだ、おやつの時間だったが、風呂場からはお湯を溜める勢いのいい音が響いている。

あたしの部屋にまでお湯の香りが届いてきた頃になって、ようやく彼の返信があった。

——うぃうぃ。


なのに、その夜、モリカワくんはうちに来なかった。

二人きりの夕食の後から、母の寝室のドアはぴったりと閉まったままで、そっと気配を窺《うかが》いに近づくと、ラベンダーの香油を焚《た》いているらしい、ふんわりした甘い匂いだけが嗅ぎ取れた。

あたしは、朝までぼんやりテレビを見ていた。

チャットで彼に呼びかけるつもりはなかったし、電話がかかってくるならともかく、自分からかけようとは、どうしても思えなかった。

モリカワくんは、その夜、こなかった。

工作に失敗した秘密工作員としては次の一手に知恵を絞る時間が必要だったが、社会的に中学生である現実を重視したあたしは、徹夜明けの重たい頭でシャワーを浴び、みっともない制服に着替えて、家を出た。

マンションのエントランスを出ると、左手に真直ぐ坂道が延びている。あたしは、毎朝、その坂を上って学校に行く。だけど、その日は、エントランスを出たときに、何気《なにげ》なく、右を見た。マンションの角には坂と交差する狭い道があって、いつもモリカワくんが路上駐車していた、保育園の鉄柵がある、そこを見た。

赤いミニクーパーが停まっていた。

車の中には、母が好きだと言った綺麗な横顔も見えた。でも、ウィンドウ越しにでも鼾《いびき》が聞こえてきそうなくらい大きく口を開けて眠っている彼の横顔は、その時に限って、ちっとも綺麗じゃなかった。

何してるんだかなあと思いながら、あたしが赤いミニクーパーに近寄って行ったとき、ベランダのガラス戸を開ける音がして、母が姿を見せた。

あたしは立ち止まって、母のいるベランダを見上げ、小さく手を振った。

母は、眩《まぶ》しそうに目を細めて、あたしに手を振り返し、その手を人差し指だけに握り直して立て、「しぃ」の形に唇を動かした。

あたしは、もう一度母に手を振り、赤い車と、その中で眠っているモリカワくんに背中を向けて、いつもの坂道を上る。

ほんの一瞬、母の口ずさむ古い歌のメロディーが、小さく聴こえた。

鳥籠の戸は開いています

安達千夏

安達千夏（あだち・ちか）

山形県生まれ。1998年、「あなたがほしい」ですばる文学賞を受賞しデビュー。社会構成からはみ出した男女の絆を、性愛を通して描いた同作は選考委員からも絶賛され、話題となる。著書に、静謐な筆致で極限の男女関係を描いた恋愛長編『モルヒネ』（小社刊）、『おはなしの日』がある。

どうしてこうなるのだろう。きっかけも思い出せない言い合いを続けながら、英子《えいこ》は考える。

こんなはずじゃなかった。声を聞くことができて、うれしかったのに。熱を持ち始めた携帯電話から、少しだけ耳を離す。頭を冷やさなくては、と気ばかり焦《あせ》る。

俺にどうして欲しいんだ？

辛抱強く、電話の相手が訊《き》く。英子にもわからない。ただ、幾度も繰り返されたやり取りだということだけ、思い出す。

通話を終え、ぱたんと携帯を閉じた。ひとりの部屋に物音はなく、空気が押し迫るように感じる。

気がつけば、口喧嘩《くちげんか》している。いつの間にか彼を責めている。首から外しテーブルへ置いただけでからんでしまった細い銀鎖のように、もつれたわけからほどき方まで、全部わからない。私が何をしたって言うの、と嘆《なげ》きたくなる。でも英子は知っている。電話してきた恋人に非はない。これから会えないかと訊いただけだ。会いたいと言ってくれたのに、眩《まぶ》しく光る銀の鎖は、私が絡ませた。

ぬるめの湯を入れたバスタブにゆっくりつかりながら、時間をかけて歯を磨《みが》き、あたたまった身体が冷めないうち、ひんやりする白いリネンの隙間《すきま》へすべり込む。

ひとり暮らしはこんな夜に楽よね、と英子は少し散らかった部屋を見まわし、手探りで枕元の灯《あか》りを消した。患者さんの話を聞いていたら帰宅が遅くなったけれど、明日は早番の日だ。変わって間もない職場に、遅刻したくない。

眠れるだろうか。

ほんの一瞬、彼に電話をかけ直そうか迷う。だが看護の仕事を始めてからというもの、英子は、ちょうどいい硬さのところへ身体を横たえただけで寝つける、という芸当を身につけてしまっている。ぐっと引きずり込まれるような重い眠気を感じる。とりあえず寝よう。英子は丸くなる。

新しい勤め先は、プロ野球チームのようだった。おはよう、よりも、うおっす、よお、という挨拶《あいさつ》が優勢で、朝から妙に気合が入っている。看護師の半数を、男性が占めている。

英子が大きな総合病院から移ってきて、三週間が過ぎようとしていた。「在宅医療と訪問看護のながせクリニック」が持つ独特な雰囲気《ふんいき》は、これまで見たどの病院とも違っている。指示に従う歯車であることよりも、責任ある個人プレーを期待される。信頼されているのは嬉しいが、まるで、実業団からひょいとプロ入りさせられたように心細くもある。

「よっ、センパイ。元気そうだね、今朝も」

今朝の気分など知りもしないくせに、同僚の山崎《やまさき》が無駄に明るく挨拶する。英子はわざともったいぶって、おはようございます、と丁寧《ていねい》に返す。

「あっ、なんか刺々《とげとげ》しいな、それ」

「トゲトゲしてるの、今朝も」

なんで？　山崎が、心の底から不思議で仕方がないという様子で訊く。英子は、センパイって呼ぶのやめてよね、とにらんだ。

「私、看護科に通ってた頃は一年先輩だったかもしれないけど、ここでは新入りなのよ」

患者と家族が信頼しきった笑顔でドアを開けてくれる瞬間、まだ、胸がどきどき鳴る。これまでの自分は、病院に守られていた気がする。以前は、患者や家族が来るのを待っていればよかった。今は、こちらから、家庭の中へ飛び込んでいく。それぞれの暮らしに合わせ、介護のやり方も変わる。希望を聞き、一緒になって考える。

看護学生の頃はお世辞にも優等生とは言えなかった山崎に、遠く追い越されてしまったように思う。

「センパイをセンパイって呼んだぐらいで、機嫌そこねられてもなあ」

「看護師なのに、感性にぶすぎ。朝早くから耳にびりびりくる大声だし」

「テンション上げんのも、俺らの仕事のうち」

介護用品を詰めた大きなナイロンバッグを「よいっしょ」と担《かつ》ぎ、山崎は、朝日が眩しい戸外へ飛び出して行く。

「それでは不肖《ふしょう》山崎、先頭切って行ってきまっす」

白衣が陽光に輝く。よし行ってこい、と誰かが奥から叫ぶ。聞き覚えがあるようだが、看護師ではないようにも思う。がやがや騒がしく、薬品をそろえたり、新品の器具を奪い合ったりして支度《したく》する同僚達の方を振り向く。

「今のは院長です」

頭上から声が降り、英子は天井を仰《あお》いだ。たったひとりで事務と雑務を切り盛りする坂本《さかもと》が、デスクの上へ立ち蛍光管を取り替えている。気配がないので気づかなかった。

「英子さんはまだ、院長とはそんなに話してないでしょう?」

「ええ、採用面接も真紀《まき》先生だったし。あ、ごめんなさい、先生って呼ぶと罰金でした」

慌《あわ》てる英子に、坂本は、

「先に生まれた、っていちいち言われたら、歳のことで喧嘩売られたみたいに感じるそうです」

だから彼女さえ聞いていなければ構いません、と表情も変えず言った。

「でも山崎君は、真紀センパイ、って呼んでますよね。先輩っていうのは歳の話じゃないんでしょうか」

「ないんです」

坂本は平然と答えた。理由を教えて欲しかったが、それきり黙ってしまったので、英子は話題を変える。

「あの、にぎやかな双子ちゃん、おじいちゃんおばあちゃんの家に里帰りしてると聞きましたけど。子育てだって、休暇が必要ですよね」

「そうですねえ、でも、がらんとした家帰るとあがっちゃって、独り身の自由をどう満喫したらいいかわからない感じです。ついつい電話して、ふたりともやっと寝ついたところだから明日かけ直せ、なんて実家の母に叱られてます」

「実家は遠いんですか」

「そんな遠くはないです。プノンペンですから」

「プノンペン……坂本さんって、カンボジア人？」

「いいえ、府中《ふちゅう》生まれの府中育ちです。なんだか話が食い違ってるみたいですね。子供が遊びに行ってるのは、僕の奥さんの実家です。一年に一度、子供も連れてカンボジアに里帰りする、っていうのが、結婚の唯一の条件でした」

「奥さん、いらしたんですか。独身だとばかり」

「僕が産んだと思いましたか？　一度にふたりも」

長く生きてみるものだ、と英子は思った。確かに、日本とカンボジアは、イタリアほどは遠くない。様々な人が、様々に暮らしている。これが標準、なんてものは、実は存在しないらしい。

双子の子育てと仕事を両立させるのは大変、などと以前に言っていたから、坂本はシングル・ファーザーなのだと勝手に決めつけていた。任地のカンボジアで惚《ほ》れた女性を、任務完了と同時に日本へ連れ帰った元自衛官だなんて、同僚の誰ひとり、教えてくれなかった。

「ああ、それはさ、坂本さんが特別変わってると思われてないからだよ」

揚げ出し豆腐をきれいに箸《はし》で切りながら、山崎が白い歯をのぞかせ笑う。

「だいたい、センパイだって経歴変わってるし。名門病院の最年少病棟婦長が、スワローズ三軍の異名を持つ我がながせクリニックへ。すっげえ。勇気あるー」

「あなたが勧誘したんじゃない。いいとこだ、って」

英子は、カウンターの一番奥の席から店内を見渡す。すべての訪問先をまわり終え帰ると、一足先に戻っていた山崎が、晩メシ付き合ってくださいよ、と誘ってくれた。

クリニックから三軒先の喫茶店は、夜にはのれんを出し居酒屋になる。山崎はどうやら常連らしい。マスターに、ワサビを醬油に溶くな刺身につけろ、と注意され、へへへと照れ笑いをしている。そして、やめようとはしない。マスターもそれ以上は言わない。

「ところでセンパイ、職場変わるのって、気疲れするでしょう。平気っすか?」

だからご飯食べようって誘ってくれたのか。口に出さず、英子はありがとうを言う。山崎は、えっなんで笑うの、とうろたえた顔をした。

「俺の顔、醬油でもついてる?」

「いいえ、違う」

英子は本当に笑い、なんかさあ、と言ってから箸を置く。

「男の人も、こんな風にして奥さんとうまくいかなくなるのかなあ、って、最近、思うことがあって」

「すれ違い、ですか?」

「うん。なんかね、今の彼と、終わっちゃったような気がする」

「長かった?」

「そうでもないかな」

忙しすぎて会えない。

疲れていると、好きな人にすらやさしくできない。

やはり分刻みの予定に追われ暮らす相手から、深夜に電話があり、沈んだ声のわけを訊かれれば、患者のプライバシーを護《まも》るため口をつぐむ。

そして休日、お世話している患者の病状が思わしくなかったりすると、力になれないことが悔《くや》しくて、せっかく会えた恋人に八つ当たりしてしまう。

どうにかしたい。でも、解決策がありそうには思えない。

恋人の部屋を訪れた先週の日曜、英子は、そろそろ落ち着きたいんだ、と言う彼に返す言葉もなく沈黙した。彼は、故郷の宮崎へ戻る心積もりでいる。去年あたりから、誘えば英子がついてくるかどうかを、探るような言動が多かった。

彼は言う。東京での暮らしにこだわっていたわけじゃない。行きたい大学があったから、上京した。興味のある分野から誘いがあって、就職した。でもこの頃は、家庭を持つのにふさわしい土地は別にあるんじゃないか、という気がしている。君は将来をどういう風に考えてる？

彼が継ぐつもりでいるらしい実家は、民宿を家族経営している。しばらく前にふたりして訪れた折、歓待してくれた母親は英子に言った。

看護師さんが嫁に来てくれたら、うちのおじいちゃんおばあちゃんを安心して任せられるわ。

立派な紫檀《したん》の座卓からやや離れて正座する英子の前に、とても元気そうな彼の両親と、やはり肌の色艶《いろつや》がよい祖父母が、四人並んでくったくなく笑っていた。お愛想《あいそ》で笑うこともできず、うつむいた英子は、並んで座る彼の様子をそっとうかがった。

彼は、ふたりきりの時とは違ってどことなくいばって見えた。こちらに話しかける言葉も、喧嘩の時よりぞんざいだった。この家庭が私に期待することとは何だろう、と英子は哀しくなった。

「仕事で気を張ってるせいかな。好きな人には甘えてしまって、ストレスのはけ口にしちゃうみたい。患者さんとは、打ち解《と》けるのが早い方だと思うのに、好きになった人とはうまくやれたためしがないの」

英子は、恋人との最近のやり取りには触《ふ》れず、当たりさわりのない愚痴《ぐち》だけ、山崎に話した。

「私だって、いつもにこにこ接してあげたいわよ、好きな人には。やさしくしてあげたい。でも、気がつけば絡んじゃってるわけ」

「それならさ、好きな奴にも、患者さんに接するみたいにしたら？」

「どんな風によ」

「なんていうか、こう、冷静に。百パー相手優先で」

「あなたできる？」

「俺は無理。白衣脱いだら、素《す》に戻ってわがまま言いたいし、なごみたいしさ。でないとバランス取れねえじゃん。あっそうだ、彼女から、胸をとんとんしますね、とかやってもらいてえ」

「なによそれ。男の人ってさ、つくづくケダモノだなあ、って自分のこと思う時あるでしょ」

「ま、確かに俺は、精密機械じゃないなあ。ちっとばかし部品欠けてても、故障しても、馬力でやってけそうな気がする」

英子は伏せがちだった顔を上げ、上気してばら色を帯びた山崎の頬《ほお》へ目を留める。本当に、彼なら、足りない物をものともしない気がする。

山崎は、ロックで頼んだ麦焼酎のグラスをまわし、氷よ早く溶けてくれ、と呟《つぶや》く。「いねむり兎《うさぎ》」という銘柄のボトルには、ドクターの真紀と山崎の名が、並んで書かれてある。

「共同でボトルキープ？」

「タッグを組んだ記念っすよ。熱い友情の証《あかし》」

「友情、ってなかなか聞かない単語よね。それにしても、私までいただいちゃっていいの？」

面白がる英子に、彼は、誰に振る舞ってもいいが、運悪く呑《の》み切ってしまった方が新しいものを入れる決まりだと説明した。

「今、五勝五敗の五分なんですよ」

「でも、そろそろなくなるぞ、って事前にわかるじゃない。ボトルの残りを見れば」

「だから、ロック限定で割り厳禁。四〇度あるってのに。要するに、酔ったら負けなんすよ。気前よくなるし、うっかり空《あ》けちまうから」

「なんだか同僚は謎が多い」

「白衣を脱いだら別人」

「実は世紀の大恋愛してます、なんてね。運命の恋、っていうの？　やだなあ、言ってて恥ずかしー。こんな下町には似合わないよ」

「有り得ねえ、って感じの恋愛も、それはそれでわるくないかもな。お前のためなら世界を敵にまわす、みたいな大勘違いして」

「ナルシストの男って嫌い。女なら許せるけど」

「うわっ、男女差別。ひでえ。でもさ、俺がそうだって話じゃないっすよ。しつれーな」

最初から最後まで受け身にまわった山崎は、方向が同じだから、と言ってアパートの前まで英子を送った。そして「またあしたっ」と長い両腕をぶんぶん振り、大きな背中に小さなリュックを揺らし夜の道を帰っていった。

英子は空気の動いた気配のない部屋へ入り、灯りをつける。バッグから携帯電話を取り出すが、左手に持ったまま思いついたように風呂場へ向かい、バスタブに湯を張るため蛇口《じゃぐち》をひねる。

じゃあもう終わりだな、俺達。

彼は怒っていた。心から怒っていた。でも私は、何も言わなかった。反論しなかった。彼を思いとどまらせる努力はしなかった。

私は、自分がやりたいことを知っている。それを続けるために、今は、私自身を優先しなければならない。看護師として、まだ学ぶべきことがたくさんある。学べる職場を見つけた。

蛇口から流れ出す湯の激しい水音と、たち込める白い湯気に包まれ、携帯を握り締めたままその場へ座り込み英子は泣いた。涙がひっきりなしに流れるので、むしろ、泣いているという実感は薄い。ただ、感情のコントロールがきかない。泣くのはいや、と思いながらやめられない。成すすべなく哀しみに流される。

もしかしたら、今夜なら、まだ間に合うかもしれない。彼は、電話を待っているかもしれない。でも今の私は、彼の望み通りには振る舞えない。

決定的に、すれ違ってしまった。好きとか嫌いとかの問題じゃない。

それぞれに、行こうとする方角があきらかになり、そして、離れすぎている。これから電話をするとして、彼に何が言えるだろう。

「あらためて話し合いをしましょう」それとも「もう少し考える時間をください」

どちらも言い逃《のが》れだ、と英子は思う。話すたび喧嘩になったのは、彼への不満を隠し、答えを先送りしていたせいだ。バスタブの縁《ふち》から湯が溢れ出し、英子は、頬を伝う涙を腕でぐいとぬぐい立ち上がった。

寝つけない夜は、めったにない。いつもなら、息つく暇もない労働の疲れと、アルコールと、ぬるい風呂が重なれば、シーツの冷たさに触れてすぐ眠りに落ちる。しかし今夜の英子は、いつまでも意識が冴《さ》えていた。枕に当たる側の頬と耳がしびれるようで、右を向いたり左を向いたりを繰り返す。

自分のことばかり喋《しゃべ》ってしまった。英子は反省し、聞き役にまわってくれた山崎に感謝する。山崎は、じっくり聞くべきところは聞き、意見を求められれば、深刻ぶらず軽快に話す。物事が、上向きになって返ってくる。人と関わる能力は天分だろうか。英子はしばし考え込み、違う、と結論づける。

心がけと、経験で、磨かれるのだろう。看護科の学生だった頃の山崎は、もう少し、いや、かなり頼りない感じだった。長身を持て余すように、途方に暮れていた日のことを、英子は鮮明に憶えている。

ステータスが低いそうです、俺。

そう言って、看護科の一年後輩だった山崎は泣いたのだった。その日英子は、大学近くの、なんの飾りけもない、でも手をかけた惣菜《そうざい》が美味しい定食屋のカウンターでひとり、ノートを見直しながら夕飯を食べていた。よく一緒になる山崎は、店へ入ってくるなりいつものように明るく、おじさん生姜《しょうが》焼き定食ね、と注文し隣へ座った。英子は、ご飯大盛りじゃなくていいの、と訊ねた。山崎は、いきなり「ステータス」などと彼らしくない言葉を吐《は》き、ぽろぽろ涙をこぼした。

当時ふたりが学んでいたのは、大学の医学部にある看護科だった。どこの学生かと訊かれ、正直に答えても、少なくない人が「医学部」とだけ聞き入れ医者の卵と勘違いする。男子学生の中には、誤解を利用する者もいるにはいたが、山崎は、そういう人間ではなかった。しかし恋人だった女性は、勝手に思い違いをしていて、そのことに気づいたとたん、騙《だま》したつもりもない山崎を侮辱《ぶじょく》し去った。

食べながら涙を流す大男の体面をおもんぱかってか、定食屋の主人は、うちの茶の間に入って食いな、と英子と山崎を人目からかくまった。よその座敷へ上がり込み、ご飯時で忙しい主人が、調理の隙を見て「おごりだ」と差し入れてくれた酎ハイを飲みながら、山崎は静かに泣いた。

あの時の震える大きな背中を、英子は忘れられない。

医者になると思ったから付き合ったんだそうです。途切れとぎれになる声で山崎は言った。ステータスとか、そんな話はどうでもいいです。でも俺、本気で彼女に惚れてたんです。だから、どうしていいかわかんないです。

恋人を成り上がりの踏み台としか考えられない女なんか、いなくなってせいせいするじゃん。喉元まで出ていたその言葉を、英子は慌てて呑み込んだ。純情は厄介《やっかい》だ。つける薬がない。本人が自力で傷を癒《いや》すまで、手を出さず見守るしかない。声は漏《も》らさずぽとぽと涙を落としつづけた山崎は、やがてちゃぶ台に突っ伏し動かなくなった。

自転車で二〇分かかる山崎のアパートまで担いで行くわけにもいかず、英子は、定食屋の主人に彼愛用のメッセンジャー・バイクを預け、一ブロックしか離れていない自分の部屋へ連れ帰ることにした。ひとりにしておけなかった。支える英子の肩にかかる重みを知ってか知らずか、山崎は、歩きながら半分寝息を立てているありさまだった。ドアの鍵を出すからここへ座って待って、と英子に言われれば、大人しくゴミ置き場の壊れたテレビ台に腰かけた。そして、ドアを開け部屋の灯りもつけた英子が振り返ってみると、両腕でしっかかと空の鳥籠を抱き、座ったまま眠り込んでいた。

鳥籠はまるで使われたことがないように見えたが、たとえ新品でも、捨てられていた物に違いなかった。英子はとにかく力ずくで取り上げようとして、やはりかなわず、鳥籠を抱いたままの後輩を仕方なく部屋へ上げた。山崎は、ラグの上へ倒れ込むなりすうすう寝息を立て始めた。毛布をかけようとした英子が近くで見ると、鳥籠には戸がなかった。これじゃあ鳥籠の用を成さないもんね。英子は、戸をなくしてしまった鳥籠と、恋人を失った大男とを見下ろし、ふわりと毛布で覆った。

英子は高校三年生当時、周囲が無茶だと止めるのも聞かず、猛勉強をして看護科に合格を果たした。入学してからも、覚えるべきこと、身につけるべき技術が山のようにあって、正直に言うとかなりしんどい。山崎だって、定食屋でしょっちゅう教科書を広げている。パジャマではなく部屋着に着替えながら、英子は考えた。

彼を馬鹿にした女は、どんな努力をしているのだろう。彼の「ステータス」が低いと言うなら、ではそう言う彼女自身の「ステータス」は、どの程度なのだろう。それを計るための目盛りを、ぜひ見せて欲しいものだ。英子は朝刊が配られるまで眠れず、差し込む朝日を見てからようやく、落ち着いて眠りについた。

一時間ほど熟睡し、目覚めた時には、山崎の姿はなかった。空っぽの鳥籠も見当たらない。きちんと畳まれた毛布の上に、レポート用紙が一枚載《の》っていた。今でもはっきり憶えている。そこには、ありがとうございますセンパイ、と書かれてあった。恋愛対象から外れてるということか、と率直に思った。

ああそうだ、と英子はあらためて気づく。そういえば、あの出来事があってからだ。センパイ、センパイ、と山崎が呼ぶようになったのは。

あの夜を経て、私達は、先輩後輩の仲になった。腐《くさ》れ縁の友人は、男と女の関係よりずっと得難《えがた》い。でも、一度友人になってしまった男と女は、何があろうとずっとそのままなのだろうか。

眠れそうにもない。

英子はわざと勢いをつけて起き上がり、首をぐるぐるまわした。録画してまだ観ていない映画が、三本ある。三本ともアクションではなかったろうか。トラボルタの楽しげな悪役ぶりでも観れば、気も晴れるだろう。

それにしても、呑みながら山崎と話したような「運命の恋」なんて、この世にあるだろうか。すべてを捨て、恋人と手を取り逃げなければならないとしたら？　暗闇を見つめ、英子は真剣に考えてみる。

間違いなく私は、担当している患者さんや家族の顔を思い浮かべるだろう。そして、引継ぎをやらなくちゃ、とか、申し送り事項をノートにまとめるまで数日待って、などと訴える。

運命の恋人は、気分を害するだろうか。いい雰囲気だったのに台なしだ、と怒るだろうか。俺を取るか、患者を取るか、どちらかを選べ、とせかすかもしれない。

なんだかおかしくて、英子は闇の中でくすくす笑った。まじめに考えるうち、「あなたが私の運命の恋人だっていうなら、もっと私の立場を考えてくれてもいいでしょ」と言いたくなった。

こういうことは、人それぞれだろうけど、と英子は考える。我が身を振り返って可哀想がるのは、本当は好きじゃない。ひとりぼっちで自分のために泣いていると、みじめに思えてくる。他人や友人のために流す涙なら、悲しいけれど、やさしくも強くもなれる。映画や小説で大泣きしたなら、ぐずぐずの顔をティッシュでぬぐい、よっしゃ明日もがんばろ、と前向きになる。

人並みに弱いところもある自分が、白衣をまとい人前に出ると、身体の中で発電でもしているようにしゃきしゃき動く。患者さんやその家族に、大丈夫ですよ、と笑顔で言える。私達がついてるからね、なんて頼りがいありそうに胸を張る。人を励ましている時、強くなれる。支えてもらっているのは、もしかしたら私の方かもしれない。

でも、夕暮れが終わりいよいよ暗くなる頃には、昼の間に見聞きしたすべてに目をつむり、役目を離れ、休める場所が欲しいと思う。ゆっくりおやすみ、と迎えてくれる人がいたらいいのに。

ベッドから降り、灯りをつける。白い光が目に染み、涙がにじむ。遠慮なく弱音が吐ける性格ならよかった。人差し指一本で、目尻をぬぐう。

そういえば、大男の腕が後生大事《ごしょう》に抱きかかえていた鳥籠は、あの後どうなったのだろう。失恋の話を蒸し返すようで、どこへやったか気になったのに訊かずにおいた。戸のない鳥籠を、彼は、自分のアパートに持ち帰ったのだろうか。

籠の鳥では息が詰まりそうだけれど、鳥籠に入っている間は安心して、羽を休めることができる。ぐっすり眠っても、誰かに傷つけられる心配はないし、寝相がわるくて止まり木からうっかり落ちても、取って食われる恐れもない。

ただし、と英子は、生きてきた歳月分だけ持ち合わせている分別を引っ張り出す。

なんだかんだ言って、私は身勝手なだけかもしれない。夜だけ閉じこもれる鳥籠が欲しいなんて、わがままな鳥もいるものだ。

缶ビールを「一本だけ」と自分に言いわけして冷蔵庫から取り出し、ビデオを再生する。だが三〇分もしないうちに睡魔が訪れ、ベッドへ戻った。

朝、消し忘れていた灯りが間抜けに照らす部屋で英子は目覚め、テーブルにころんと倒れている空き缶を見つける。

寝酒を呑んだだけじゃん。寝不足の頬をてのひらでこすり、英子はほほ笑む。そして、さり気なく力づけてくれた山崎にちゃんとお礼を言おう、と張り切って布団《ふとん》をはねのけた。

「山崎君なら、急患対応で早朝から出動していますよ」

遅刻ぎりぎりでクリニックへ駆け込んだ英子に、モップとバケツを手にした坂本は言った。聞き返すいとまも与えず、続ける。

「英子さんが出かけるまでには戻れます」

英子は、いつもながら落ち着き払った事務職員の顔をまじまじと見返す。自衛官時代に地獄を見るなどして、超自然的な能力を身につけたのだろうか。

「坂本さん、私まだひと言も喋ってないのに、どうしていきなり山崎君の話をするんですか?」

「彼について語りたかったようです」

簡潔に言い切って、坂本は、レントゲン室のドアを『掃除中・濡れた床に注意』の黄色いストッパーでとめる。

雇われている人間がこうなのだから、留守がちでろくに姿を見かけない院長も、あなどれない人物に違いない。英子は、とにかく訪問先へ出かける支度をする。同僚達は、今朝も、新しい血圧計や体温計を取り合い、それぞれに、担当する患者が待つ家へと散る。

ひとり減り、ふたり減りして、英子が最後のひとりになった。待つのはあと三分が限界、とバッグを持ち上げた時、背後から山崎の声が呼んだ。

「間に合った。まだいたんですね。坂本さんから伝言聞きました?」

「伝言……ってもしかして、急患で出たけど間もなく戻るっていうやつ?」

ああ、なんだ聞いてるじゃないですか、と山崎は白い歯を見せた。ゆうべは、遅くまで付き合わせちゃってすみませんでした。

「ううん、私の方こそ、ぐちぐち言っちゃってごめん。それと、ありがとう。気持ちの整理ついた」

「割り勘だったですけどね」

「当然よ。ところで患者さん、どうだった?」

「思ったほどではなくて、ひと安心です」

山崎は軽く首を振り向け、共に患者の許から戻った担当医を頼もしげにみやる。

「ここからは真紀センパイの出番です」

彼女は離れたデスクで電話をしている。そのかたわらでは坂本が、身振りで指示を受け、数冊あるファイルを次々てきぱきと繰っては彼女の前へ差し出す。空いた手ではパソコンのキーを打ち、意見を差し挟む。対等に協力し合っている。

「私、ここに移って本当によかったと思う」

ありがとう、誘ってくれて。英子はなぜか、照れもなく山崎の目を見つめて言い、それから、はたと我に返り慌てた。背の高い後輩は、ふにゃふにゃした笑顔で「朝からほめられちまった」などと素直に喜んでいる。遠くから坂本が、一瞬だけ顔を上げ英子を見る。

「とにかく、私、今朝から元気」

英子がきっぱりと言い、山崎はこくんと頷く。

「他の野郎には、チャンス到来、ってとこです」

「そうかなあ」

「そうっすよ」

「あきらめないで探そうかな。鳥籠の戸はいつも開いてますよ、って言ってくれる人」

「なんすかそれ?」

「わかんない人はわかんなくていい」

お願い教えて、と拝む山崎に、英子は「だーめ」と答え笑う。

恋愛小説を私に

倉本由布

倉本由布（くらもと・ゆう）

静岡県浜松市生まれ。共立女子大学文芸学部卒業。1984年、コバルト・ノベル大賞に『サマー・グリーン　夏の終わりに…』が佳作入選、高校生作家としてデビュー。以後、歴史に材を採った恋愛小説で活躍。著書に「安土夢紀行」シリーズ他、『姫君たちの源氏物語』『天使のカノン』など。

ページをめくると、煙草《たばこ》のにおいがほのかに立った。

私は煙草を吸わないし、夫も吸わない、実家の父も吸わない人。免疫《めんえき》がないせいもあって、煙草はずっと大嫌いだったのだけれど。

借りてきた本から立ちのぼるそれは、意外に甘い。彼の体臭や彼の部屋のにおいが混じり合っているのだろうか？　開いたページに鼻を近づけ、肺の奥までそのにおいを吸い込んでみた。でも最後には、さすがにキツく、苦《にが》く感じられるだけになり、私は苦笑しながら本を閉じた。

もう、寝よう。

タオルケットから這《は》い出して、部屋の明かりを消す。

史紀《ふみのり》と知り合ったのは、中学の同窓生との飲み会の席だった。

今年の二月、同窓生同士が結婚するという出来事があった。以来、音信不通だった同窓生たちの間につながりが生まれ、飲み会だテニスだと、みんなで遊ぶようになったらしい。

私がそれに参加したのは、その飲み会が初めてだった。

二十八歳。男子は未婚既婚入り交じっていたけれど、女子のほうは既婚者はまだ子どもが小さくて外には出られず、未婚者ばかり。その中で、既婚女子の私は異分子だった。

私は二十歳で結婚している。短大を出てすぐ、十七の頃からつきあっていた六歳年上の夫と結婚したのだ。二十一歳で長女を産み、母親にもなった。

中学卒業後もずっとつきあっている、いわゆる親友である珠子《たまこ》に誘われ、その飲み会にも参加を決めたものの、着ていく服にも化粧の仕方にも困ってしまった。

「みんな、おしゃれしてくるよね？」

夜、娘が眠ったあと、コソコソと電話する以外、珠子とは直接には話せない。私が暇《ひま》な昼間、珠子は会社でコンピュータの端末を叩《たた》いているからだ。

東京の四年制大学を出たあと、私たちの地元に本社を置く、一流と位置づけされるメーカーに就職した珠子。彼女は夜が暇だけれど、私のほうはその頃、夫が帰宅して食事だの風呂だの、その後片付けだのに忙しい。わざわざ時間を作らない限り、友だちともゆっくりおしゃべり出来ないというのが私の日常だ。

「別に、特におしゃれするってほどでもないんじゃない？」

珠子は、さも面白げに含み笑いしながらそう言った。私がオロオロしているのが楽しくて仕方ないという様子だった。

だって、家族と離れてひとりだけでお出かけするなんて本当に久《ひさ》しぶりだ。私は浮足立つと共に、心配になってもいた。

二十八で独身の女の子たちはきっと流行に敏感で、自分の年齢や状況に上手に合わせたおしゃれをしてくることだろう。でも私は、もうずっと、娘のこと以外人前に出る用事もなく、長いこと、ジーンズとシャツしか身につけていない。

「気になるなら、一緒に服を買いに行く？」

そう言ってくれた珠子に、服を見立ててもらった。カジュアルな素材の、濃紺の膝下丈のスカートに、たまご色のキャミソール、バレンシアオレンジとクリーム色を程よく混ぜた色合いのカーディガン。買ったものを抱きしめ「これで安心」と呟《つぶや》く私に、珠子は大笑いしていた。

そして、いい顔をしない夫を説《と》き伏せ、指折り数えてまで楽しく待ったその飲み会で。

史紀と、出会ったのだった。


「あ、それ持ってる」

話題の映画の話をしていた。主人公の青年が、その気はなかったのに気づけば哀《かな》しい殺人者になっていたという、その過程を描いたミステリ。原作本はベストセラーなのに、その場の誰も読んでおらず、読みたいのは私だけ、持っているのは史紀だけ、だったのだ。

史紀は、珠子の知り合い。どこでどう知り合ったのだか、まだ学生なのだという。私たちより七つも年下。でも、年齢なんて関係ない、せっかく独身女がたくさん集まる場所なのだから――と、他の女の子たちのために、彼女は史紀を飲み会に引っ張ってきていた。

「可愛いね」

隣に座っていた誰だったかが、にこにこしながら言ったものだ。顔だちは特に整っていないけど、物言いや笑い顔がとても素直で可愛い——と。

「そうね」と私は頷《うなず》いた。初対面のそのとき、小二の娘の友だちの男の子を見るのと同じ気持ちで「可愛い」と、そんな印象を、史紀に抱いたのだった。


その本を借りるため、私はまた、今度はふたりきりで、史紀と会うことになった。週末の午後の、ほんのひととき。夫と娘はふたりで科学館へ出かけてゆき、束《つか》の間、私は自由を得たのだ。

クルマで三十分近くかかる場所にあるカフェで待ち合わせをした。でも、どんな話をしたらいいのかわからず、迷った末に「おしゃれな店なんて、まったくわからなくなっちゃったわ。もうずっとファミレスにしか行ったことない」と苦笑してみせた。

店の指定をしたのは史紀だ。彼は「そうか、主婦だって言ってたもんね。子どももいるんだっけ？　でも、これからまた覚えればいいじゃん」と笑う。「教えてあげるよ、いろいろ」とも言う。

改めてしみじみと、史紀を見た。彼の顔を、そして、そこから滲《にじ》み出ている彼の雰《ふん》囲気《いき》を。

確かに、特にいい男というわけではない。彼の〝買い〟は、育ちのよさと性格のよさが笑い顔に滲み出ていることだ。

「こないだ、俺、浮いてなかった？」

そんな心配をしている。「同窓生の集まりだったのに」と。「珠子さんに引っ張っていかれただけなんだけど、浮いてなかったかなあ？　場の雰囲気、壊してなかった？」

「大丈夫、みんな、史紀くんがいて喜んでた」

特に、女子が。——とまでは言わないけど。

「なんか面白かったな。みんな大人なのに、女の子とか男子とか女子とか言うの」

「ああ、中学のころの気持ちに戻っちゃうからねえ」

「そういうもの？」

「史紀くんも、もう少し長く生きたらわかるわよ」

「へええ？」

その店で、ランチプレートを食べた。ワンプレートに、グリーンサラダとソーセージオムレツ、ニンニク唐辛子味のペンネが盛り合わされ、カレー味の野菜スープとプチパンとデザートが付いている。こんなランチを食べたのも久しぶりのことだ。

「おいしい、うれしい」と繰《く》り返す私を、史紀は面白そうに見ていた。

本を、借りる。ランチの後は、すぐ別れる。別々のクルマで来ているから、店の駐車場で即、サヨナラだ。

その本を開くことが出来たのは、三日後の夜だった。だって、読書するヒマなどまったくない。いろいろと思案したのち、私は、夫と寝室を別にしてみることにした。そうすれば夜、ひとりの時間を作れる。

小学校に上がった年に娘に個室を与えてみたものの、まだ早すぎたらしく結局、親子三人で寝ているという現状を利用した。娘に「そろそろひとりで寝るのに挑戦したら？」と勧《すす》めたのだ。

でも、ひとりっ子の甘えん坊にそれが耐えられるわけがなく「ママ、一緒に寝て？」と言ってくる。するとひとりになってしまう夫は「仕方ないなあ」と言いつつ、久々に手足を伸ばして寝られるのが嬉《うれ》しいらしい。「それでいいの？」と訊ねたら「うーん、まあ、とりあえず子どもは、ちはるひとりで充分だし」と呑気《のんき》に笑った。

知り合った当時は、もっと強引でもっとギラギラしていてもっと男っぽい人に見えた気がするのだが。それは、私がまだ高校生で何も知らなかったから、そのせいで勘違いをしただけなのかもしれない。

小学二年生、現在七歳の娘・ちはるは、私がそばにいると思えば、そばでどんな大きな音がしようと、どんなに部屋の中が明るかろうと、ぐっすり眠り込んで目覚めない。だから、じっくりと、小説の中に遊ぶことが出来る。――ああ、こんなにゆっくり出来るのは久しぶり。

昔から、本を読むのは大好きだった。特に、恋愛小説が好き。主人公の年齢を問わず、主婦だろうが学生だろうがＯＬだろうが私よりずっと年上だろうが、せつない恋をしている女たちの物語を読むのが大好き。すると自然、女性作家のものばかりを手にすることが多かった。

でも、史紀に借りたのは男性作家の作品だ。映画化されたから読んでみたいと思っただけで、そういう機会がなかったら、いくら読書の時間をたっぷり取れる身分だったとしても、敬遠したに違いない。

三十代を半分過ぎた女性と、二十代後半の青年との恋愛小説とも言えるミステリ。殺人を犯しながらも純粋な青年と、彼の罪を憎みつつも一途《いちず》に愛する女性との、すれ違う心がたまらなくせつない物語なのだ。

我を忘れて読みふけった。久しぶりの読書だったから、余計に楽しかったのだろう。あっと言う間に午前三時を過ぎて、翌日のことを思うと寝なければいけないのはわかりきっているのに、どうしても本を閉じることが出来なかった。四時近くになり、ようやくあきらめた。どうせ、最後まで読むことなど出来ないのだもの、明日の夜まで取っておこう。お楽しみは、長く続けば続くほど愛《いと》しい。

翌日は、睡眠不足で散々だった。四時近くに寝たのに六時に起きて、朝食を作り、娘を送り出し、夫を送り出し、掃除洗濯、気づけばもう正午。昼食を食べたあと、ぼんやりと洗濯物を取り込んでいると、娘が帰ってくる。しかも、友だちをたくさん連れて来て、大騒ぎが繰り広げられる。

特別なことじゃない。これが私の日常。家事をし、家族のために働き、娘の成長を思うことで一日は終わる。

イヤなわけじゃない。専業主婦という仕事は私に向いていると思う。炊事も洗濯も大好きだ。掃除は、ちょっと嫌いだけれど。

うるさい音をたて続ける掃除機のスイッチを、リビングで、私はふと消した。ゆうべ、読んでいたあの本の余韻が、ふいに胸に浮かんだのだ。――ほう、とため息をつく。

いいなあ、恋愛小説は。


借りた本は、返さなくてはいけない。

二度目の、ふたりきり。それもランチだった。相変わらず店の指定が出来ない私を、史紀はリードしてくれた。今度は、和風創作料理を出す居酒屋が昼間に出しているランチ。刺身定食がおいしくて安くて、私は、嬉しくてたまらなくなってしまった。

「面白かった?」

史紀は、箸《はし》を取るなり訊いてきた。

原作と映画は微妙に違っているという。映画から入って原作を読むと、かなり戸惑《とまど》うという噂だったので、私が原作を楽しんだか心配だったらしい。

「面白かった！　映画、見てないから比較出来ないけど」

「そうなの？」

「映画なんて見に行く時間も余裕もないよ」

「ふーん？」

そのあと史紀が「主婦の一日ってどんな感じなの？」と訊いてくるので、朝何時に起きるのかから始まる流れを話してあげた。

「……出来ねぇ、俺」

目を大きく見開き驚いてくれたので、なんだかとても癒《いや》された気分になる。専業主婦だったらそれくらい当たり前と言われることが多いから、大変だね自分には出来ないよと言ってもらえるだけで、しんみりと嬉しいのだ。

しかも史紀は、

「じゃあ、お疲れを癒しに、今度は映画でも見に行く？」

と誘ってくれた。

「土曜の午後なら、出られる日もあるわけなんでしょ?」

確かに、土曜の午後なら時間は作れる。夫と娘がふたりで出かける機会が多いから、そのうちに、私はこっそり行動出来るのだ。

普段ならその時間、私は、家で寝ているだけだった。ウィークデーの疲れを癒す機会は、そのときしかなかった。癒しの方法は〝寝る〟、それ以外に思いつけなかった。

三週間後、史紀と映画を見に行った。

せっかくだから、あの小説を原作とした映画。原作と一体何が違うのかと楽しみにして行ったら、つまりは映画のほうがラブストーリーの要素が強いのだ。これに戸惑うというのは、きっと多くが男の人の意見だろう。女性好みの仕上がりだ。私は、原作以上に引き込まれてしまった。

原作にはない設定で、主人公の青年が煙草を吸う場面が強調されているのが印象的だった。彼は、ヒロインの前では決して煙草を吸わないのだ。なぜなら、彼女は煙草のにおいをひどく嫌う人だったから。ふたりは結ばれることなく終わり、青年が女性に対してどんな気持ちを抱いていたのかも具体的には描かれない。でも、女性の前では煙草を吸わなかった、というそれが、つまりは青年の気持ちである、という描かれ方がされているわけだ。

「ああいうせつない恋愛っていいわよねぇ」

映画館の一階に入っているカフェで、五時近くまで、今見てきた映画について、史紀と語り合った。

「憧《あこが》れちゃうわ」

何度も同じセリフを呟きながら、難しい名前が付けられていたミルクたっぷりのアイスコーヒーを、ストローでかき混ぜた。

「だんなさんと、ああいう恋愛、したんじゃないの？」

「まさか。なんとなく続いて、なんとなく結婚しただけよ」

切って捨てるように言う私に、史紀は爆笑する。そして、

「もっと、結婚に夢を持てるような話をしてよ」

「だって、結婚は夢じゃなくて現実なんだもん。素敵な話なんてないわ」

「でも、だんなさんと出会ったときは今みたいじゃなかったんでしょ？」

「うん。でもあれは幻想だったのよ」

そう言うと、史紀はまた笑う。私の言い方が、面白くてたまらないらしい。

なぜだろう？　本当に、恋愛時代の情熱は幻の中のものでしかないと思う。いつだったか、ふと覚めて、そのときに押し寄せてきたものは虚脱感。映画や小説の中に描かれる美しい恋愛に、私も夫も似合わない。

「ああいう恋愛って実際にも絶対、あるのよね。でも、それって限られた人にだけ許されてるものなのよ。私みたいに平凡に生きている女には、そういう機会はめぐってなんて来ないいんだわ。もう三十になっちゃうし」

ストローに、ため息をかぶせた。

すると史紀が、いたずらっぽく笑う。

「わからないじゃん？　まだ三十前でしょ？　これからのほうが長いんじゃない？」

「……まだ？」

「うん、まだ三十前」

私はつい、唸《うな》ってしまった。ここのところずっと、もう二十歳、もう二十五、もう——という年齢の数え方しかしてこなかった。子どもの頃は、まだ十歳、まだ十五——みたいに先へ急ぎたがっていた記憶があるのに。

でも、そうか。私はまだ三十歳も越えてはいない。

「日本人女性の平均寿命までは五十年以上あるんじゃない？　てことは、まだ、何が起こるかわからない」

いたずらっ子の笑顔で、史紀は言う。

確かにそうだ。ちょっと前の私には、史紀のような年下の男の子と出会うこと、一緒にランチすること、映画を見ること、そのどれひとつをも、想像すら出来なかったはず。

目の前に、人懐っこい笑顔がある。――引き込まれる。

少し、夢を見る。――こうして彼と出会ったのには、どんな意味がある？

史紀と何度も会うのに、いつも同じ服では――と気になって仕方なかった。珠子に連れて行ってもらった店に、二度目はひとりで出かけた。いろいろと買い込んだ。お金はかかったけれど、満足だった。

服を気にすると、同時に肌の状態も気になってくる。鏡を見ると、目の下も頬《ほお》も顎《あご》も、たるんでいる。肌のキメも緩《ゆる》みっぱなしだ。――ガックリきた。こんな状態では、史紀には会えない。焦《あせ》って焦って、どうしたらいいのかパニックになりながら化粧品を探し回った。でもそれも楽しい。

史紀と、会う。週末にランチして、おしゃべりして、本の貸し借りをしたりもする。

彼は煙草を吸う人なのに、最初に会った飲み会のときは確かに煙草を手にしていたはずなのに——私とふたりで会うとき、吸っているのを見たことがない。私が「煙草は嫌い」と言ったからだ。吸う人のそばにいるのもイヤ、頭が痛くなる——飲み会の席でそう言ったのを、彼は覚えていたらしい。

でも、借りた本には煙草のにおいが染《し》みついている。会うとき、時折、ふとした瞬間に同じにおいが立つこともある。

あの映画を思い出す。主人公の青年が煙草を通してヒロインに示す思いやりと愛情が、ひどくリアルに胸に迫《せま》る。

「……煙草、嫌いじゃないかも」

いつものようにランチした店の駐車場で別れたあと、私はぽつりと呟いていた。

嫌いじゃないかも——つまりそれは？

「……好き」

何を？　煙草を？　――誰を？　史紀を？

好き、だなんて気持ち、随分《ずいぶん》と久しぶりのもの。くちびるからその言葉の形をした声がこぼれ落ちた途端《とたん》、私は、気恥ずかしくて笑ってしまった。――まるで中学生みたい。

わざと大袈裟《おおげさ》に顔を笑わせながら、私は車のエンジンをかけた。すると流れ出す流《は》行《や》りの歌は、史紀が作ってくれたCDに入っているもの。――ラブソングだ。

流行りの歌もラブソングも、もう何年も触《ふ》れることなく過ごしていた。車で聞くのは大概《たいがい》、娘が好きな子ども向けの歌ばかり。

でも、ラブソングが、好きだな。

そのとき流れていたのは、男の子の片想いを綴《つづ》った歌だった。


――なぜ？

と訊ねたくなるときがある。

なぜ？　私と会ってくれるのはなぜ？　何か意味はあるの？　ないの？　――意味なく、七つも年上の女と会おうと思うはずなんてないんじゃないの？

好き――って、恋だろうか?

ほんの一秒だけでも暇が出来ると、私はその想いと史紀の顔を胸に思い浮かべる。好き、というあれは、やっぱり恋なんだろうか?

「……そうよねぇ」

恋をするって気持ちいい。その想いを胸に浮かべるたび、体中の細胞が活性化するような気持ちよさに覆《おお》われる。こんなの、もうずっと忘れていた。小学五年生のときの初恋以来かもしれない。初恋の次が夫だったもの、間違いない。

娘のちはるが、

「お母さん、最近、おやつの量が多いけどいいの? 前は、お夕飯が食べられなくなるからちょっとだけね、って言ってたくせに」

と怪訝《けげん》な顔をしてみせたほど、私は浮かれ、機嫌よく毎日を過ごしていた。何をするのも楽しい。嫌いな掃除の最中も、史紀の顔を思い出せば気持ちが浮き立つ。大嫌いなご近所の奥さんと道端《みちばた》で出会っても、にこにこと挨拶《あいさつ》、そして立ち話が出来てしまう。

「幸せそうだね」

ある日、夕飯の支度をしながら自然に出た鼻唄に酔っていると、ふいにキッチンに顔を出した夫が言った。

「最近、楽しそうだよね。おまえがそうしてると、俺も気が楽っていうか、楽しくなるよ。ほら、子育てに煮詰まる主婦って多いらしいし。――安心だな」

私は、鼻唄を止めただけで何も答えなかった。答えられなかった。でも夫は、その不自然さには気づかず、冷蔵庫の中から作り置きの烏龍《ウーロン》茶を入れた容器を取り出し、コップに注ぎ、それを持って出て行った。

――幸せ。

ええ、幸せよ。私は今、とても幸せ。とても楽しい。だって、もしかしたら――と思っているから。

このまま、史紀との恋が始まってしまうのだとしたら？　それは不倫？　してはいけない恋？　深みにハマったらいけない？　そんなことになったらどうする？　夫は？　娘は？　私はどうしたらいい？

もう鼻唄は出て来なかった。ちょっと深刻に、私は物思いに耽《ふけ》ってしまった。

――不倫？　そう定義されても、それはいけないとわかっていても、それでも走ってしまう恋って――それもあるんじゃない？


次に史紀と会ったのは三週間後の、やはり土曜。いつものようにランチをした。近所の人が集まる気軽な喫茶店。コーヒーが本格的でおいしくて、私たちふたり、かなり気に入っている店だった。

史紀は、入り口にある棚から雑誌を持ってきて、ながめている。ふたりでいるのも、なんだかすっかり慣れてしまい、特に話などしなくても平気というこの距離感が心地いい。

私も雑誌を読んでいた。買うには高すぎるから今までは美容院でしか見ていなかったファッション雑誌だ。次の季節の流行と、読者オススメの化粧品についての記事をじっくり読んだあと、ページをめくると、しっとりと落ち着いた風情《ふぜい》の旅館の一室がアップになっていた。――ここからは旅のお話らしい。

彼とふたりで行くのがいい、そんな温泉宿の特集。離れの宿が素敵だ。山間《やまあい》の温泉地の、老舗《しにせ》旅館が新しく作った三棟の建物。食事も部屋まで運んでくれるし、広い専用露天風呂はあるし、チェックインした後は他の客と接することなくゆったりと休めるらしい。

「いいなあ、行きたいなあ」

私は、呟いていた。

「え？　なに？」史紀が身を乗り出してくる。私は、雑誌の紹介記事を指で示す。

「ここ、いいでしょ？　行けたらいいわね」一緒に——と、その言葉はなんとなく、飲み込んだ。言わなかったはずだ、絶対に。さすがに、私にも分別はあるもの。

でも。

ふと空気が凍《こお》るのを、私は感じたのだ。おそるおそる、目を上げる。そこには、困り切った史紀の顔があったのだった。

私は言わなかった。そのことには自信がある。けれど、表情に出ていたのだろう。そのときの私は、おそらく、とろけそうな幸せに酔った顔をしていたのだろう。だから、史紀は察してしまったのだろう。

「友だちだよね？」

と後日、史紀は言った。

「そうよね」

私はちゃんと答えたのだけれど。

そのとき、自分の頬が強張《こわば》ったのを私は自覚していた。史紀も気づいたに違いない。


「ばか」

と珠子に切り捨てられた。本当は、ちゃんと会って話を聞いてもらいたかったけれど、時間がないから電話だ。

史紀は元々、珠子の知り合いだった。でも、彼と親しくなっていたことを、私は珠子には話していなかった。あれはとっておきの秘密で、もしも不倫なんてことになってしまったら珠子にだって話すには勇気が要《い》るだろうと気を回して――。

ばかみたい。

なんども呟いたそれを、珠子は容赦なく、さらに何度も浴びせてくれる。

「ばか。ばかばか。あんた、ばか。七つも年下の男の子が、小二の子持ちの年上女と純愛しようなんて思うわけないでしょ？」

「……うん」

でも夢を見たのだ。

史紀はいい子だった。おそらく本気で私を気づかってくれていた。私の中にある恋という気持ちに気づいてあんなふうに戸惑ったのは、彼の純粋さゆえのことだと思う。

「史紀もばかだけど——どうせ、子持ちの主婦ってことで気を抜いてたんだろうけど、気のない女に対して無責任にやさしくしたらどうなるか、ちゃんと考えなかった史紀もばかだけどね。あんたは、もっとばか」

「……わかってるってば」

次第にうんざりしてきた。ここぞとばかりに、珠子は私に延々と説教をしてくれた。

たった二十歳で結婚なんてしちゃうから、あんたは世の中のことも男のことも女のこともなんにもわかっていないのよ、専業主婦の毎日というのに馴れちゃって、自分が実際にはどれだけ幸せなのか気づいてなくて、平凡な日常が実はどんなに大事なものであるのか忘れちゃって、それを退屈と取り違えて、そして有り得ない夢なんて見ちゃうのよ——と。

耳が痛くてたまらなくなり——それは、受話器を一時間以上も当てていたから本当に痛いというのと、珠子の話の内容が痛すぎたというのと両方の意味で——私は、受話器を耳からはずした。珠子の声はまだ聞こえていたけれど、私は、受話器を見つめるだけで数分を過ごした。珠子の話はやがて、つい先日、別れたばかりの男に関する愚痴へと変わっていったようだ。

私の夢は、こうして唐突に終わった。

なんともつまらないお話だ。ひとりでその気になって勘違いして、浮足立って、ばかみたいに踊って。——それだけ。

なんにもなかった。実際に史紀に触れてしまってドキドキしたりヤバいことになったり最悪の方向に事態が流れて行ったり、そういうことは一切なかった。私が勝手にドタドタと踊っていただけ。今となっては、ばかみたい、という言葉しか浮かんで来ない。ほんと、私の独り合点《がてん》だ。勘違いだ。まるで、中学生の初恋みたい。煙草のにおいが懐かしい。甘い、あれが、私は大好きだった。思い出せば、今も胸の奥が疼《うず》く。――でも。

ラブストーリーと現実は違う。喫煙者が嫌煙者の前で煙草を吸わない――それが即、秘めた愛情の印になるというのは、小説や映画の中だけのお約束。現実では、単なるエチケットである場合がほとんどだ。

史紀は「友だちだよね」と言い、私も「そうよね」と答えたけれど、あれ以来、一度も彼とは会っていない。言葉で〝友だち〟と確かめなくてはならないというあの気まずい時間を過ごした後は、連絡も取り合えなくなってしまった。――終わったのだ。

そしてまた私は、日常へと戻ってゆく。前に史紀に話したままの、あの日常。

「……ママ？」

娘に顔をのぞき込まれ、ふと我に返った。

「どうしたの、ママ？」

「え？　何？　ママ、何か変だった？」

咄嗟《とっさ》にごまかしたのを、ちはるは気づかず「そんなふうに見えただけ」と笑う。そして「おやつは？」と訊ねてくる。買い置きのお菓子と烏龍茶を出してあげた。

私の隣に座り、ちはるは、大好きなラスクを夢中で食べ始める。その横顔を、私はぼんやりと見つめた。でも、頭の中は真っ白だった。何も考えていなかった。ちはるの姿など、実際には目に映ってもいなかった。終わった恋の残像を追いかけていた。

ところが、私の視線に気づいたちはるは、ひどく満ち足りた顔で笑うと、私の腕にコツンと頭を預けてくるのだ。——何も言わない。ほんの五秒ほどで私から離れ、また幸せそうにラスクを食べ始める。

私は、身動きも出来ずにちはるを見つめた。彼女の頭が触れていた辺りが、じんわりとあたたかかった。

ふいに涙があふれそうになる。そうなった瞬間は、一体なんの涙なのか思い当たるものがなく、困惑する。でも、すぐにわかった。わかってしまった。——愛しい、の想い。

同じその日の夜、夫が拗《す》ねた声で言ってきた。

「どうせ、ちはるは、まだひとりじゃ寝られないってことなんだろ？　だったら部屋を使わせるのはあきらめたらいいのに」

彼は、実は自由に飽きて、自分だけ仲間はずれになっているような疎外感を覚えていたらしい。

結局、以前のように三人、和室で、川の字になって寝た。ふたりはすぐに眠り込んだようだけれど、私ひとり眠れず、何度も寝返りを打った。そのうちに、夫と娘の寝息が交互に響いていることに気づく。ふたりの寝息はそっくりで、何が似ているのかといえば、少し高めで気が抜けていて、とても呑気な調子であるところなのだった。

静かな夜だ。

また、ふいに涙があふれそうになる。――あたたかな涙。目に見えない何かを抱きしめたくなるような気持ち。抱きしめるために腕にキュッと力を入れるのと同時に、胸の底でせつないものが絞《しぼ》られるような感じ。――愛しい。

声を殺して泣いてしまった。

泣きながら、史紀を思い出す。あの煙草のにおいを思い出す。不倫かもしれないとか、これは恋だわとか、恋愛小説みたいな恋に憧れていた気持ちだとかを思い出す。

憧れたあれを、もしも実際、手に入れられていたのなら？　私は、この愛しさを失っていたのだろうか？

私は、何を失って何を得たのだろう？　いや、何も失ったものなどなく、そして得たものも何もないのだろうか？　――いや、失ったものなど何もなく、でも得たものがひとつだけある、のかもしれない。

『自分が実際にはどれだけ幸せなのか気づいてなくて、平凡な日常が実はどんなに大事なものであるのか忘れちゃって』

珠子の声がよみがえる。

「……うん」

涙の中で頷いた。うんうん、と何度も何度も頷いた。それから、

「楽しかったな」

呟き、私は笑った。意外にも気持ちのいい笑いであったことに、救われた思いがした。

それが、この恋を見送る儀式になった。

Chocolate

横森理香

横森理香（よこもり・りか）
山梨県生まれ。多摩美術大学卒業後、ニューヨークに遊学。帰国後の1992年、『ニューヨーク・ナイト・トリップ』でデビュー。以後、小説、エッセイ執筆のかたわら、コメンテーターとしても活躍を続ける。著書に『をんなの意地』『いますぐ幸せになるアイデア70』（以上祥伝社文庫）『がんばらない　でも幸せ』（小社刊）『ぼぎちん／バブル純愛物語』『シンプル・シック』『おしゃれマタニティ』など多数。

私と親友の都《みやこ》は、チョコレートに夢中だった。美味《おい》しくて可愛《かわい》いチョコレートとコーヒー、それに都、都にとっては私がいれば、ほかにはなんにもいらなかった。

その日も私と都は雑誌で見たチョコレート屋さんに向かって、北風の中を歩いていた。春だっていうのに冷たい風だ。都は無理して春の格好をしているけど、私はまだ冬のコートを着ていた。

「世界のセレブ御用達《ごようたし》の店だってよ」

「ダブルネームでチョコ作っちゃう?」

それはBABBIってお店だった。イタリアのジェラートコーン工場を営《いとな》む一家が作ったウェハースチョコレートのお店で、BVLGARIやメルセデスCAFEにもダブルネームでここのチョコレートがあるらしい。

「わー、かわいー！」

雑誌に載《の》ってた真っ赤な丸い看板が見えたとき、私は思わず叫んだ。恵比寿《えびす》駅からパパス・カフェのほうに向かって歩いて行って、坂の途中にそのお店はぽつんとある。丸い赤い看板の中に、ＢＡＢＢＩってキュートな字体で書いてある。その下にチョコを持ち上げた人形のマーク。心が躍《おど》った。

「可愛いね、チョコレートバーって感じ」

都がいつものハスキーボイスで言う。都は私より二十センチも背が高くて、痩《や》せっぽっち。ときどきバイトでモデルの仕事もしている。私の自慢の友達だった。

「中もか・わ・い・いー」

お店の中はカフェになっていて、インテリアも赤とステンレスの組み合わせ。チョコレートの包装はぴかぴか光った銀色の紙だし、プレゼント用の箱は赤や白の筆箱みたいなビニールケースだった。その上お店のカードはＣＤみたいで、どれもチョコ食べ終わっちゃったあとも、ずっと取っておきたくなる。

私たちはショーケースの中を真剣に見た。

「どれにする？」

「う〜ん」

赤い小さいキューブ型のと、五センチ角の銀色のメタリックなの、それとおんなじ形でパールホワイトのがあった。どれも可愛くて、美味しそうだ。

「このちっちゃいのと、大きいのは、どう違うんですか？」

お店のお兄さんに聞くと、大きいメタリックなのを指さして、

「こちらはチョコウェハースで、中のバニラクリームの甘さが五段階に分かれています」

と言う。

「あ、じゃ私これ、一番甘くないやつ」

都がすぐさま注文した。

「はい、甘さ三十パーセントカットのビターですね」

都はなんでも即決型で、男っぽいのだ。

「こちらでお召《め》し上がりですか」

「はい」

都はドリンクメニューを見て、

「エスプレッソ下さい」

と注文すると、さっさとテーブルに着いた。私はまだ悩んでいた。

都を見ると、ポケットから煙草《たばこ》を取り出して火をつけ、深々と吸い込んでいる。モデルという仕事のため、肌に気を付けなきゃいけないのに、都はおかまいなしだ。コーヒーと煙草とチョコレートが大好きで、しかも夜更《よふ》かし。撮影のときいつも怒られているらしい。でも、都はそんなこと気にしない。いつも、やりたくてやってるわけじゃないからさ、なんて言う。小遣《こづか》い稼《かせ》ぎのために、仕方なくやってるんだよ、と。

私はそんな都を、カッコイイと思う。

「これは、なんなんですか」

私はお店のお兄さんに、パールホワイトのやつを指さして聞いた。

「あ、それは新製品のホワイトチョコレートウェハースです。モカクリームとピスタチオクリームの二種類があります」

「う～ん、じゃあ～、ピスタチオ」

モカクリームはあんまり好きじゃない。コーヒーとチョコレートは別々にあるべきで、混ぜるべきじゃないからだ。

「お飲み物はどうなさいますか？」

「えっと、じゃ～あ～、アールグレイ下さい」

私はレジに進みながら、ドリンクメニューを見て注文した。普通のチョコレートのときはコーヒーを頼むが、ホワイトチョコレートのときは紅茶を飲みたくなる。特にアールグレイが美味しい。紅茶に濃いミルクをたっぷり入れたみたいな味になって、相性バッチリ。

都は既《すで》にヘッドフォンを掛け直して、音楽に合わせて体を揺らしている。都のファッションはちょっとパンクっぽくて、顔も濃くてきれいだから、NO DOUBTのグウェンみたい。どこにいても何をやってても様になる。私の知る男の子の中にだって、こんなにカッコイイ子はいない。都よりカッコ良くない子と付き合うつもりはないから、彼氏なんかいらなかった。

「私、ホワイトチョコにした～」

テーブルに着きながら、私は都に言った。

「ふーん、福美《ふくみ》、ホワイトチョコ好きだね。あると絶対食べる」

「うん」

私は嬉《うれ》しそうにほほ笑む。ステンレス製の妙にシンプルなテーブルだった。痩せて背が高い都には似合うけど、チビでぽっちゃり型の私には似合わない内装だな、と思った。私は生まれたときからぷくぷくに太っていて、だから福美、なんて名前をつけられた。その赤ちゃんのぷくぷくがいまだ取れてないんだねって、よく都にからかわれる。

「なにこれ」

私は壁際にあったシャンプーとリンスのディスペンサーみたいなものを指さして、聞いた。

「ガムシロと蜂蜜《はちみつ》じゃないの？　ここきっと、バスルーム風のデザインなんだよ」

都が言う。

「へえ」

「だからほら」

都はその横の壁に付けてある、ステンレスフレームの丸い鏡の蛇腹《じゃばら》式柄《え》を引っ張って、私の顔に向けた。

「ああ、なるほどね」

それは、外国のホテルのバスルームなんかによく付いている、表裏が普通の鏡と拡大鏡になっているものだった。

鏡の向こう側で、都がサングラスを取って、自分の顔を見ている。変な表情を色々と作ってみて、それからパタンと鏡を壁に返した。

「あー、もーイヤ！　またニキビ増えた」

そう言って、両手で顔を覆《おお》う。それから私の顔を見て、

「なんであんたって、チョコレートそんなに食べてんのにニキビできないの？」

と悔《くや》しそうに言う。

「う〜ん、煙草吸わないからかなぁ」

私は実は、ちょっとそれが自慢だった。チョコレートを食べて太りはするけど、ニキビができたためしはないのだ。私が都に自慢できるところがあるとすれば、それくらいだった。

「いいなぁ、福美、いっつもお肌つるっつる」

都が私のほっぺを触《さわ》って言う。

「つるつる、もちもち、ぷくぷく」

都が私の両頰《ほほ》を両手でつまむ。私はこうされてるのが好きだった。

「お待たせしました」

ステンレスのトレイにステンレスのカップで、飲み物とチョコレートが運ばれて来た。

「おや、コーヒーじゃないの？」

都が私の紅茶を見て聞く。私は、

「ホワイトチョコレートとアールグレイって合うのよね。今日はひんやりして風冷たいし」

と答えると、都の肩越しにドアの外を見た。北風に、早咲きの桜が散っている。

「花冷えって、感じ～」

都が言う。私はパールホワイトの包装紙を剝《む》いて、コンデンスミルクみたいな色をしたホワイトチョコレートを一口齧《かじ》った。

「うわっ、甘っ」

しっとりとしたホワイトチョコでコーティングされたそれは、薄いウェハースが何重にもなっていて、間に薄緑色のピスタチオクリームが挟まっている。さくさくっとして、まったり。そして、強烈に甘かった。

「うわ、これも甘～い！」

都がチョコレートウェハースを齧って言う。

「ぜんぜんビターじゃないね。これで一番甘いのだったら、どーなっちゃうの？」

「さすがイタリアね」

「ドルチェ・ヴィータの国だから？」

その時だった。末成《うらな》りの胡瓜《きゅうり》みたいにひょろ長い、蕪《かぶ》みたいに色が白い男の子が入って来たのは。

「あー、さぶかった……」

ぶるぶるっと体を震わせて、そう独《ひと》り言を言うと、チョコレートを覗《のぞ》き込む。

「ねえ、あの子、日本語、妙にうまいけど、外人じゃないの？」

私が都に言うと、都がその子のことを振り返った。

「あー！　海《かい》君！」

都が叫んだ。私はえ？　え？　知り合いなの？　と、二人の顔を見合わせた。

「おー、都ちゃん、ゲンキ？」

さっきまで寒さに青くなってた顔が、ぱあっと明るくなった。笑うと、すごく可愛い。笑わないと、眉毛の下がった、困ったような顔をしているけど……。

「やだ、偶然。海たんチョコ食べに来たの？」

都が立ち上がってその子のところに行くと、その子が都の頭ひとつぶん、背の高いことが分かった。ベビーフェイスなのに、上背だけがやたらとあるのだ。

「うん、うち、ここの近所なんだよ」

「あー、そーだったんだぁ」

「もうちょっと坂登るから、チョコでも買って食いながら行こうかと思って」

「そっかぁ、海たん、激甘好きだもんね」

二人が並ぶとすごくきれいで、私はなんだか気が引けた。立っておんなじ場所に行きたくない。ぽつねんと座ったままで、二人を遠くに見上げてた。

「あ、あそこに座ってる子ね、親友の福美」

都がそんな私に気づいて紹介する。

「え、なに、ＦＵＣＫ　ＭＥ？」

〝海たん〟が急に顔を輝かせて言う。

「やーだ、それー。オースティン・パワーズねた！　福美と福代《ふくよ》、でしょ？」

二人が笑い合ってるけど、私にはなんのことだか分からなかった。

「福美、この子ね、モデル仲間の海君。ハーフだけど、日本生まれ日本育ちだから日本語上手《うま》いんだよ」

都がその子の手を引っ張って連れて来た。近くで見ると、そのＫＡＩって子は、真っ白で髪の毛も栗色《くりいろ》で、体は全く外人なのに顔にうっすらと〝日本人〟が浮き出ている、不思議な容姿をしていた。よく見ると、目も黒いのにブルーがかっている。

まるで、海の底みたい……。

私が不思議そうな顔をして見上げていると、海君はどぎまぎして、

「よ、よろしく。俺もチョコ、買って来る」

と言った。それからカウンターに戻ると、

「ホワイトウェハースのピスタチオ下さい」

と注文した。私は、驚くほど自分の心が舞い上がるのを感じた。

あの子も私とおんなじの、注文した……。

海君はレジでお金を支払うと、すぐさまそれを剝いてぱくっと一口齧った。それか

ら、

「俺じゃあ、犬の散歩とかしなきゃなんないからさ、行くわ」

と私たちに言い、コートの裾《すそ》を翻《ひるがえ》した。

「あ、なーんだ、海たんつれないねぇ、ちょこっとお茶してきなよ」

と都が言うと、振り返って真剣な顔で、

「これ俺の役目なんだよ。夕飯前にしなきゃカーチャンに怒られる」

と言う。私と都は顔を見合わせて、ぷっと吹き出した。海たんは悔しそうな顔をちょっとしたけど、平静に戻って、

「じゃ、またな。都、次の撮影、遅れんなよ」

と言い残して去った。私とおんなじチョコレート、食べながら。

「はっはっはっ、あの子さぁ、すごい真面目なのよ。大抵《たいてい》の男の子モデルなんてハッパばっかり吸ってて撮影二時間とか遅れたりすんのに、あの子だけ女の子たちよりちゃんとしてんの。ママが厳しいみたいよ」

都が説明する。

「ふうん、ママ日本人なの？」

「そう。パパはイギリス人」

そう言うと、都は少し、寂《さび》しそうな顔をして遠くを見つめた。

「あの子は私たちとはちょっと違うんだよ。バイトでモデルやってるけど、それって大学の学費稼ぐためなんだもん」

「すごいね」

「うん、すごい。だいたいティーンエイジモデルやってる子で、大学行く子なんて滅多いないよ」

都はパパの顔を知らない。アメリカ人だってことだけは分かっているけど、ママはそれ以上語ろうとはしないみたいだ。それにしたって、純日本人でちんちくりん&ぽっちゃりの私から見れば、じゅうぶん羨《うらや》ましい存在だ。

「すごいんだ、海君」

「そう、すごいんだよ」

そう適当に相槌《あいづち》を打ちながら、都と私は食べかけのチョコレートにまた齧り付いた。

さっき会った海君の残像と一緒にホワイトウェハースを食べると、その前とは違った印象だった。まったりとしたピスタチオクリームと、もろもろサクサクのウェハースが、なんともいえないコンビネーションのように感じて、もしかしたらこれは「ものすごく美味しいチョコレート」なんじゃないかと、思い直せるほどだった。

海君のことが、私はそれ以来頭から離れなくなってしまった。あのナサケナイ泣きそうな顔と、笑うとぱあっと日蔭に日が射したような笑顔。つるっとしたベビーフェイスに不釣り合いなほどひょろ長い体、そして、肌がものすごくきれい。都は不摂生《ふせっせい》でコンディションが悪いのもあるけど、もともと肌が厚くきめが粗い。ハーフって、どう出るか分からないな……。なんて考えると、海君が出ている男の子ファッション雑誌を見ずにはいられない。

それまで全然、モデルの男の子なんて興味がなかったけど、まるでファンみたいに、私は近所のコンビニに行ってはチェックして、海君の出ている雑誌を買い、部屋に籠《こ》もった。そして想像を頭に巡《めぐ》らせた。犬飼ってるって言ってたけど、どんな犬かな。犬の散歩は海君の役目らしいから、きっと大型犬に違いない……ゴールデンかな、それとも意外と秋田犬とか？

楽しかった。学校は春休みで、私はこの日、都からメールが来るまで、一週間もチョコレートを食べてないことに気づきもしなかった。

『今日、撮影、早く終わりそうなんだけど、新宿の伊勢丹《いせたん》にあるジャン＝ポール・エヴァンに行ってみない？　都』

『きゃー、行こう行こう！　福美』

都に一週間も会っていないことを、私は寂しいとも思っていなかった。都は春休みでモデルの仕事が立て込んでいた。都からメールが来たとき、私はそれをまるで旧友からの「同窓会の誘い」みたいに感じ、喜んだ。たった一週間なのに、都と私の世界は、急変してしまっていたのだ。

ジャン＝ポール・エヴァンはフランス最高のショコラティエ。まるでジュエリーデザイナーがゴールドを扱うようにチョコレートを操る本物のアーティスト……テレビや雑誌で見ていて、一度は行きたいと思っていた高級チョコレートのお店だ。久しぶりのチョコレート屋さん探検に、私は心を躍らせた。

『チョコレート買うだけじゃなくて、チョコレートバーに寄ってショコラ・ショーも飲んでみる？』

『そうしよう、そうしよう。一緒に食べるブリオッシュがまた格別なんでしょ？』

『やっぱそれだよね』

『だよね。でも都、ニキビとか問題ない？』

『だいじょうぶ、だいじょうぶ。もう今日で撮影、終わりだもん』

『あ、そーなんだー、じゃあさー、新宿の帰りに原宿《はらじゅく》も行かない？』

『うん、いいよ、なんで？』

『ヴィトンに行って、モノグラム・マルチカラーのアニメ見てみたいんだよね』

『あー、あれねー、私も雑誌で見たー！』

いつもの私たちの生活は勝手知ったる古巣のようで、私は居心地《いごこち》の良さを感じる。急に気になった海君のことは、はっきり言って藪《やぶ》の中だった。だいたい、気になっているからって男の子とこの先、何をするのかさっぱり見当もつかないし、都に海君の連絡先聞くのもなんだか悪いような気がする。それに都だって撮影で会うだけで知らないのかもしれない。

ジャン＝ポール・エヴァンは地下鉄からすぐの伊勢丹の入り口にあった。私はそこで都と待ち合わせをした。すごく大人っぽいお店で、チョコレート屋さんというよりはチョコレート〝ブティック〟って感じ。まるで表参道《おもてさんどう》のGUCCIみたいにドアマンまでいて、ガラス越しに見える店内には、大人のお客さんしかいない。私は自分が子供っぽく見えないかどうか気にした。

もうちょっと、大人っぽい格好で来れば良かったかな……。

都はまだ来ていなかった。私は勇気を出して一人で店の中に入って行くと、いろんなチョコレートの入ったショーケースをはじから眺めることにした。向かって右側はまずチョコレートケーキから始まっていた。ガラスで半分に仕切られた向こう側はショコラ・ショーのバーで、カウンターにはまるで鏡餅《かがみもち》みたいに、黄金のブリオッシュが飾られている。お客さんは誰もいなかった。

今日みたいにあたたかい日に、ホットチョコレート飲む人なんかいないんだろうな……。でも都とあそこでブリオッシュ食べるって約束しちゃったから、ケーキはパスするとして。いくつかチョコレートを買ってって、あとで原宿のスタバでコーヒー買って、歩きながら食べてもキモチいいかも。

「これは、なんですか」

私はチョコレートのはじからお店のお姉さんに聞いてった。まずは小さくて薄い板チョコだ。

「これはジャン＝ポール・エヴァンのパレでして、当店では包装していないものがカフェとビターとミルクの三種類、包装してあるものがミルクとビターの二種類でございます」

「マカロンはこれ……」

マカロンは私の大好きなフランス菓子のひとつだ。普通のお菓子屋さんではパステルカラーでいろんな色があるけど、ここではチョコレート色一色だった。

「中のガナッシュクリームがビターチョコレート、バニラ、フロマージュ、アールグレイ、コーヒー、ライム、ピスタチオ、キャラメルの八種類になっております」

「へえ」

ど、どれも美味しそう――涎《よだれ》が口の中いっぱいにわき出たとき、隣のおばさんが甲《かん》高《だか》い声でまくし立てた。

「海ちゃん、お母さんよく分からないから、どれでも好きなもの選んでちょうだい。十個までよ、十個。それ以上はダメ、鼻血出ちゃうからね。お父さんの好きそうなのも選んどいてよ。お母さんはなんでもいいわ」

え、海ちゃん？

ギクリとして振り返ると、そこにこの一週間雑誌で追い続けていた、海君がいた。ママの買い物に付き合わされたか、伊勢丹の買い物袋をたくさんぶら下げて。

「あー」

と、思わず口に出てしまう。まるで、夢でも見ているかのようだった。

「あー、えーっと、福美ちゃん？」

海君もびっくりした顔で、私を見た。

「あら、お友達なの？」

海君のママが私たちを見た。海君のママは驚いたことに、私と目線が合うくらい背が低かった。そしてふっくらしていた。きっと海君はパパ似で、顔の中身だけがママに似たんだろう。

「…………」

ママに聞かれて、海君はなぜだか顔を赤らめて、黙ってしまった。

「ぷっ、なに顔赤くしてんのよ、この子は」

海君のママが吹き出す。そこに、都がやって来た。

「えー、どーしたのどーしたの？　またばったり会っちゃったの？」

と叫びながら。

「すごーい、奇遇だねぇ」

「あら、あなた、都さんね？　海の出てる雑誌でよく拝見しています」

海君のママが都に言う。

「あー、はい、お世話んなってます」

「いえ、いえ、こちらこそ」

「海たん、またチョコ買いに来たの？」

海君は何も言わず、ママが代わりに答える。

「そうなのよー、この子チョコレート大好きでね。テレビで見てどうしてもここのチョコ食べてみたいって言うから」

「ああ、そうなんですかぁ。海たんもいいよね、チョコ食べてもニキビできないから」

「ああそうねぇ、私に似たのかしら。ニキビはできないけど食べ過ぎると鼻血が」

海君は都とママのマシンガントークを無視して、チョコレートを選び始めた。私もショーケースの中に注意を戻した。マカロンはキャラメルとアールグレイを食べてみたいな。パレはビターとミルク。それからフロランタンの小さいのと、普通のトリュフも……。

都とママは、まだ喋《しゃべ》ってる。私と海君はショーケースの中にある、宝石みたいなチョコレートに目を輝かせながら、時折ちらりとお互いを見て、ほほ笑んだ。海君の困ったような顔がはにかんで、二倍、可愛かった。


結局、あったかいしそんな気分じゃないね、ということで私と都はショコラ・ショーは飲まずにチョコレートだけ買って、原宿に向かった。スターバックスでコーヒーを買い、表参道をチョコレート食べながら歩いた。

「あ、やっぱりマカロン、美味しい。にらんだ通り」

「えー、何味食べた?」

「キャラメル」

「半分ちょうだい。アールグレイも半分あげるから」

キャラメル味のガナッシュクリームは、チョコレート風味のほろほろ生地《きじ》にあいまって、スタバの本日のコーヒー、ニューギニア・ピーベリーにとってもよく合った。都はいつも通りカフェラテを頼んだけど、私はチョコレート食べるときは、ストレートのコーヒーのほうが美味しいと思う。

「ふー、美味しい。チョコレートとコーヒーって、外のほうが美味しいよね」

私が言うと、都は、

「そーなのよー。煙草とおんなじなの。嗜好品《しこう》なんだよね」

と言って、煙草に火をつけた。それを一息、美味しそうに吸い込むと、ふーっと気持ち良さそうに吐き出して、言った。

「あ、そうだ。そういえばさ、海君って煙草も吸わないんだよ。癌《がん》になるからって。ほんとママの言うことよく聞く、いい子なんだ」

「ふーん、アールグレイの半分食べていい？」

「うん、いいよ」

私はわざと興味ないふりをして、もうひとつのマカロンを齧った。

「あ、これも美味しい」

味わいながら、もしかしたら海君も、今頃ママとおうちで、おんなじものを食べてるのかな、と想像した。海君はマカロン、フロマージュとライムとキャラメル選んでた。きっと、ママがフロマージュでパパがライム、そして海君はキャラメルに違いない。

「ふー、今日はホントあったかいねぇ。この季節って寒くなったりあったかくなったり。三寒四温ってよく言ったもんだよね」

都が目を細めて言う。都は時々、ババ臭《くさ》い。なぜってほとんどおばあちゃんに育てられたからだ。ママがシングルマザーだったから。パパには会ったこともないから、都は外見はアメリカ人なのに、英語が喋れない。

私と都はルイ・ヴィトンに向かって表参道のゆるい坂を登りながら、コーヒーを飲み干した。チョコレートも食べ終わって会話も途切れ、ちょっと退屈になり始めたとき、モノグラム・マルチカラーの飾られたショーウインドーが見えた。するとパアッと桜の花が開いたように、気分が明るくなった。

「わあ、可愛い！」

「やっぱカワイイね、マルチカラー」

お店の中に入ると、アニメに使われているキャラクターのパンダもどきの特大版が飾ってあった。ショーケースの中には、いつものベーシックなモノグラムに混ざって、木々にぽん、ぽんと花が開いたように、色鮮《いろあざ》やかなマルチカラーの商品が飾られている。

「カワイー」

「カワイイね」

私と都は突っ立って、しばらくアニメを見た。それはまるで、私たちの今の生活だった。

携帯電話と、可愛いモノと、友達と。不思議なキャラクターと。春風が吹いて、桜が花開いて、お花の中には、笑ってる可愛い顔。たくさんのグッズや美味しいものに囲まれて、私たちはハッピーだし、女の子と男の子が登場するけど、そこにはｂｏｙ ｍｅｅｔｓ ｇｉｒｌ ｆａｌｌ ｉｎ ｌｏｖｅはない。可愛くて、曖昧《あいまい》な、今のトーキョー・ライフ。ちょっと落ち込んでも、すぐ上げてくれるものはたくさんある。まるで、春風みたいに。

しばらく見ると、私は飽きてしまった。もうこれ以上はいらない。たった数分間の、リアリズム。私はショーケースの中の、マルチカラーの商品を品定めし始めた。

「ふうん、可愛いけど、やっぱ高いね」

と都につぶやくと、都は、

「でももしひとつだけ買うとしたら、どれがいい？」

と聞く。私は、

「そうだなぁ……」

としばし考えて、一番安くて小さい、キーホルダー付き小銭入れを選んだ。

「これかな」

と言うと、都が、

「買ってあげようか」

と言う。

「ええ？　なんで？」

私は驚いて、都を見上げた。都は私が驚いたことに逆に驚いて、ちょっと怒ったように、

「なんでって、ここんとこバイトも立て込んでお金も結構入って来そうだし……福美もうすぐ誕生日じゃん」

と言う。私はなんだか、妙な気分に見舞われた。全身の血が、変な風に流れて行く。

「誕生日だけど、こんな高いもの……」

女の子が女の子に贈るのなんて、ヘンじゃん。

そう言いたかったけど、言えなかった。

「いいんだよ、別に。たくさん稼いだって、他に使いたいこともないしさ。それに私」

この先の都の言葉は、私はどうしても、聞きたくなかったのだ。心が破裂しそうになった。私は都に背を向けて、走り始めた。その背中を、言葉の続きが、追いかけた。

「福美のこと、好きだから」

福美のこと、好きだから。福美のこと、好きだから。福美のこと……。

走り続けて、私は春風の中を、さっき見たアニメの主人公みたいに、風に飛ばされて、どこかに行ってしまいそうだった。

原宿駅のホームに駆け込んで、そこに来た山手線に滑《すべ》り込み、空《あ》いてる席に座ると、私は頭を抱えて俯《うつむ》いた。携帯の着メロが鳴った。メールだ。きっと都に違いない。私はそれを見なかった。見るのが怖かったのだ。

私は思った。もしかしたら都とは、もう今までみたいに仲良くできないのかもしれないと。一緒にチョコレート屋さんクルーズして、あの美味しさを分かち合うことも、もうないのかもしれない。

そのとき、頭に海君の顔が浮かんだ。あの、ジャン＝ポール・エヴァンのショーケースを真剣に眺める表情や、目が合うとニコッと笑った可愛い顔。私は頭を上げて、電車の窓から外を見た。

そうだ、あの子とだったら、一緒にチョコレートを食べて、楽しい時間を過ごせるかもしれない……。

男の子となにかを一緒にやりたいなんてこれまで思ったこともなかったけど、海君とだったら、それができそうな気がする。

電車の窓から見えるトーキョーは暮れかかっていた。西日がビルの斜面に当たり、紅色に反射している。ビルとビルの間から見える空は透明な薄紫色だ。いつもは冴《さ》えない東京の空も、こんなときは、胸に染《し》みるほど美しい。

海君の、犬の散歩の時間だ——。

私はそう心の中でつぶやくと、何かにつき動かされるようにして、恵比寿駅で舞い降りた。それから海君に最初に会ったチョコレート屋さん、ＢＡＢＢＩに向かって歩き始めた。

海君はきっと、大きい犬を連れてあのあたりを散歩しているに違いない。私は海君の連絡先も何も知らないけど、あそこに行ってチョコレートをもう一度買えば、きっと会える気がした。

彼女の躓《つまず》き

唯川　恵

唯川　恵（ゆいかわ・けい）
石川県金沢市生まれ。金沢女子短期大学卒業。銀行のＯＬを経て、１９８４年、コバルト・ノベル大賞を受賞しデビュー。以後、恋愛小説やエッセイで活躍を続け、２００２年、『肩ごしの恋人』で直木賞を受賞。著書に『永遠の途中』『今夜誰のとなりで眠る』『めまい』『病む月』『ベター・ハーフ』『燃えつきるまで』『１００万回の言い訳』『不運な女神』など多数。

他人から見れば、たぶん、私と祥子《しょうこ》は仲のいい友人、いや親友にすら見えたと思う。

同じ女子大に通っていた私たちは、実際、よく行動を共にした。講義の時はたいてい隣の席に座ったし、昼食やお茶も一緒だった。夜には電話でお喋《しゃべ》りをし、買い物にも、時には海外旅行にも出掛けた。

それでも、私たちの関係は、友情と呼ぶにふさわしいとは言えない。仲がよさそうに見えて、はっきりとした主従関係を伴っていた。もちろん祥子が主で、私が従だ。私も祥子も、決してそれを口にすることはなかったが、互いにそのことは認識していた。

十八歳で初めて上京した私は、それなりに肩肘《ひじ》張っていたが、今思うと、笑ってしまうくらいウブな田舎者《いなかもの》だった。偏差値がそこそこで、お嬢様キャンパスと少々名の知れた大学は、学生の半分以上が都会の裕福な女の子たちだった。みな、お洒落《しゃれ》で会話が上手《うま》く、お化粧も堂に入っていて、男の子たちとの付き合い方にも慣れていた。彼女たちはちゃんと大人で、田舎者の私を決して馬鹿にするような露骨な意地悪さはなく、時々、お茶やショッピングに誘ってくれた。けれども私自身、気後《きおく》れの方が先に立ち、たとえ一緒に出掛けてもなかなか打ち解《と》け合うことができなかった。

祥子も地方出身だったが、服装も話題も都会の女の子に引けを取るようなことはなかった。よく彼女らのお喋りに加わり、六本木《ろっぽんぎ》や青山《あおやま》でのコンパやパーティにも加わっていた。祥子は目がびっくりするほど大きく、華《はな》やかな顔立ちをしていて、小さい頃からちやほやされてきただろうということは容易に想像がついた。学校にひとりかふたりいる、絶大な人気を誇るアイドル的女の子だ。ただ、それはあくまで田舎に通用する絶大さであって、都会の女の子たちにとっては特別でもなんでもなかった。それに、こういっては何だが、彼女たちの中にいると、祥子のその大作りの顔立ちが妙に田舎臭《くさ》く見えるのだった。

私たちが親しくなったのは、ある意味、お互いの利害が一致したからだろう。祥子は、今までの自分の価値が通用しないことに苛立《いらだ》ち、優位に振る舞える相手が欲しかったし、私は、都会の女の子と交流を持つためのワンクッションとなる存在が必要だった。

もちろん、百パーセントいつも一緒というわけではなく、時には別行動をとった。けれども、祥子が彼女たちと遊びに出掛けた後は、いつも「いい顔してるけど信用ならない」とか「男の前だところっと態度を変える」などと悪口をたたいた。私がたまに、祥子の知らないところで楽しんだりすると、とたんに不機嫌になった。

祥子は時折、私をしげしげと見つめ、こんなことを言った。

「あなたみたいなタイプと友達になるなんて、前は考えられなかったわ」

それは私も同じだったが、祥子のように口にするだけの勇気はなかった。その違いが、結局、主従を決めたということでもあった。

ベッドの中の昌也《まさや》は少し乱暴だ。

けれど、それが魅力とも言える。

昌也はとにかく力強く、男っぽい。最近ではめずらしく「俺に任せておけ」という男気を持っている。体格ががっちりしていて、顔立ちは精悍《せいかん》さに溢《あふ》れ、一目見た時から、私は彼に夢中になった。

大学を卒業し、六年がたった。私が勤めるのは中堅の建築会社で、仕事は楽しかったが、それとは別に、結婚のことも考える年齢になっていた。

昌也は設計部門に所属している一級建築士で、一年ほど前、うちの社に中途入社してきた。歳は三十二歳。彼が現れた時、女性社員たちはいっせいに色めき立ったものだ。

仕事の関係で言葉を交わすことはあったが、事務的な会話でしかなかった。だから昌也から食事に誘われた時、夢のような気持ちになった。まさか、彼のような男が自分に興味を持ってくれるなんて考えてもいなかった。

異性に対してはオクテの方だと、今でも思う。かつての田舎臭さは抜けたし、お洒落や会話も人並み程度までは身につけたつもりだが、胸の底にはどうにも拭《ぬぐ》い切れない劣等感があった。

それはたぶん、学生時代に経験した失恋のせいだろう。

もう十年近くも前のことだが、あの喪失感と絶望感は、今も胸の底に澱《おり》のように残っている。

けれど、それもようやく払拭《ふっしょく》された。

私はもうあの頃の私じゃない。何しろ、女性社員たちの注目を集めるような男の心を捕えたのだから。

まだふたりの間だけのことだが、私たちはすでに結婚の約束をしていた。

「今度、温泉にでも行くか?」

セックスを終えた昌也が言った。私はその厚い胸にぴたりと頬《ほほ》を寄せ、はしゃいだ声で答えた。

「ほんと、嬉《うれ》しい」

「車を借りて、一泊二日で」

「いいわね、すてき」

「運転は任せていいだろ。俺、ビールを飲みたいからさ」

「もちろんよ。私、運転は好きだからぜんぜん平気」

「宿も探しといてくれよ」

「そうね、どういうところがいいかしら。やっぱり露天風呂がなくちゃね。それと、お料理がおいしくて」

家に帰ったら、早速《さっそく》インターネットで調べてみよう。宿を予約して、レンタカーの手配をして、ロードマップを調べて……。今度はきっと昌也の気に入るところにしなければ。

昌也がかなりの面倒臭がりだということがわかったのは最近だ。仕事以外のことで煩《わずら》わされるのをとても嫌《いや》がり、特に、旅行に出る時など、何から何まで私が準備しないと決して腰を上げようとしない。

それに思いがけず気難しいところがあることも、わかるようになっていた。前に、ふたりで那須《なす》高原に出掛けた時、ロッジ側の接客が気に食わないと、旅行の間中、昌也は不機嫌なままだった。そんな昌也を見るのははじめてで、私はどうしていいかわからず、ただあたふたして昌也の機嫌を取るばかりだった。結局、昌也の機嫌は最後まで直らず、正直言って、帰って来た時はぐったりだった。

そんな話をすると、呆《あき》れてしまう友人もいる。

「私はごめんだわ、そんな手のかかる男。放っておけばいいのよ、そんなことしたら男を増長させるだけよ。だいたい、ご機嫌取りなんて、自分が卑屈《ひくつ》にならない？　恋人は主従関係じゃないのよ」

私は笑って首を振る。

「いいのよ、私がそうしたいんだから」

それぐらいのことをするのは当然だと思っていた。

昌也のような男は、逃《のが》したら最後、もう二度と現れない。私にとって、この世でいちばん大切な男なのだ。そんな男になら、従属するくらい何でもない。相手は祥子とは違うのだ。


大学時代の失恋は、今となれば、よくある話と言えるだろう。

幼い恋だった。はじめて手をつなぎ、はじめてキスをし、はじめてセックスをした。世の中に、自分より愛《いと》しく思える存在があるということに気づいて、私は心から感動した。

夏休み、私は故郷に帰った。彼は東京でアルバイトを決めていて、一ヶ月近くも離れるのは寂《さび》しかったが、両親が私の帰省を心待ちにしているのはわかっていた。

田舎に帰っても、気はそぞろだった。何をしていても考えるのは彼のことで、電話ばかりを気にしていた。彼とは、夜勤のあるバイトのせいでなかなかうまく連絡が取れず、私は一日中、苛々していた。

結局、早く会いたい気持ちが募《つの》って、私は予定より三日も早く東京に戻った。彼を驚かせようと、アパートのドアを開けた時、狭いワンルームの奥にある、いつもふたりで愛し合ったベッドから体を起こしたのは、彼と祥子だった。祥子は慌《あわ》ててシーツで顔を隠そうとしたが、本気で隠れようとしたわけではないことぐらいすぐにわかった。あの時、祥子のあの大きな目は、確かに笑っていた。

どうして、彼を祥子に会わせたりしたのだろう。

そのことを、私はどれだけ後悔しただろう。

いいや、会わせるつもりなんかなかった。私が彼と付き合い始めたと知って、祥子が強引にデートにくっついて来たのだ。

考えてみれば、祥子はいつもそうだった。従の存在であるはずの私が、ちょっとでもいいものを持っていたり、ちょっとでも楽しいことがあったりすると、どうにも我慢できないのだ。

たとえば、私がアルバイトのお金で無理して買ったブランドのバッグを、散々趣味が悪いとけなしておいて、三日後には堂々と同じものを持って現れた。祥子がいない時に、たまたま他の友人たちと飲みに出掛けたりすると「引き立て役に利用されてるだけよ」と嫌味《いやみ》を言った。

祥子は常に、従である私が、自分より劣り、自分より不遇でなければ気が済まないのだった。

「ごめん」

と、彼は言った。

「こんなつもりじゃなかったんだ……」

もし彼が「悪かった」と許しを請《こ》うなら、忘れようと思った。どうせ、祥子に強引に言い寄られたのだ。男なら、つい過《あやま》ちをおかしてしまうということだってあるだろう。一度だけなら許してあげよう。彼を愛しているから、だから、忘れよう。

けれども、彼の口から続いて出てきた言葉は私の心を突き刺した。

「彼女と付き合いたい」

返す言葉もなかった。

祥子にどんなに嫌われても、会わすべきではなかった。祥子から、強い口調で「いいじゃない、友達なんだから」と言われても、きっぱり断ればよかった。それで祥子との付き合いが絶たれるなら、むしろその方がよかった。

けれど、どんなに悔《く》やんでももう手遅れだ。すぐにふたりは付き合い始め、私はひとり取り残された。


その痛手は、私に想像以上のダメージを与えることになった。

私は彼が好きだった。いや、愛していたと言っていい。まだ幼い愛かもしれないが、だからこそひたむきだった。

それを知っていながら、祥子はしゃあしゃあと彼を奪い取って行った。それが友達のすることだろうか。いいや、最初から友達なんかじゃなかった。祥子にとって、私は所詮《しょせん》、従の存在でしかないのだから。

けれども、祥子とそれで付き合いが途絶えたかというと、実はそうではなかった。

「ごめんね、こんなことになって」

と、悪びれずに言う祥子に、私は肩をすくめてこう返した。

「しょうがないわ。祥子がライバルじゃ勝ち目はないもの」

私はそれをさらりと、まるで、恋のゲームに負けちゃったわ、みたいに言った。

こんなに傷ついている、心が張り裂けそうなくらい苦しさに苛《さいな》まれている、なんて素振《そぶ》りは決して見せなかった。実際には、毎日、食べられず、眠れず、泣いて暮らしていたが、そんな素振りを決して見せないことが、私にとっての最後の自尊心のようなものだった。

結局、祥子は半年ほど彼と付き合ったが、結局は別れた。

それはちょうど、私が彼のことをようやく忘れられた頃と一致していた。


その件以来、私は男を信用できなくなったところがある。

誰と付き合っても、祥子がその気になればみんななびくに決まっている、そんな冷めた思いで見てしまうのだ。

大学を卒業して、私は建築会社に、祥子は外資系の証券会社に就職した。これで、もう付き合うことはないと思っていたが、月に一度か二度、祥子はいつもの調子で電話を掛けて来た。

「ねえ、仕事はどう？　最近、服とかバッグとか買った？　どこかに旅行した？　恋人は？」

祥子はいつまでたっても、私を従の存在として確保しておきたいのだった。

「仕事はハードで退屈なだけ。残業代もボーナスもカットで、新しいものなんか何も買えないわ。ましてや、旅行なんてぜんぜんよ。恋人？　周りにいるのは、くたびれたおじさんばかりで、私まで老《ふ》け込みそう」

そうして、私もまた、つい祥子の思いを満足させるようなことを口にしてしまう。

このままでは、私は一生、祥子に従属して生きてゆかねばならない。

祥子から電話が掛かるたび、そのことに身震いしそうになったが、だからと言って、どうすることもできなかった。


昨夜、祥子は三週間ぶりに電話を掛けて来た。

「どう？　何かいいことある？」

「何にも。そんなこと、私にあるわけないじゃない」

当然だが、私は昌也のことを口にしたりはしなかった。

そんなことをすれば、祥子がどう出るか、わかっているからだ。

その時が来たら、私は颯爽《さっそう》と昌也を連れて祥子に見せ付けてやる。祥子はどんなに驚くだろう。どんなに悔《くや》しがり、地団駄《じだんだ》を踏むことだろう。

そう、その時が来たら。

私はその時を待っている。

いつものように、祥子は私の冴《さ》えない毎日を確認すると、満足したのか、付き合っている男の話をのろけはじめた。

その男と、私も会ったことがある。祥子は以前から、たいていの恋人を私に会わせた。自慢したいのと、私がどう転んでも彼を横取りできるわけがないと見縊《みくび》っている証拠だった。

祥子の今の恋人、相田彬《あいだあきら》は、それまでとはまったく違ったタイプの男だった。もともと祥子の好みはわかりやすい。誰が見ても「モテる」とわかり、当の本人も「俺はモテる」と自覚しているような男に惹《ひ》かれる。

けれども、彬はあまり女に興味がなさそうに見えた。多くを語らず、知的で思慮深く、性格的におっとりしている。出版社に勤めているそうだが、映画評論家としての肩書きも持っていて、いずれは独立する計画だそうだ。資産家の息子で、そのせいか、お金や物事に対してあくせくした感じがない。ある意味、浮世離れしたようなところがあるが、祥子に言わすと、そこが今までの男にはない魅力ということだった。

私は彼を見て、昌也と対極にある男だという印象を持った。

気まぐれな祥子のことだ、たまには違ったタイプとも付き合ってみたいのだろう。

私はよく知っている。祥子は、本当は、昌也みたいな男がいちばん好きなのだ。


それから半年ほどして、祥子は電話でこんなことを言い出した。

「でね、私も来年は三十でしょう。そろそろかなって考えてるの」

「結婚するの？」

私は思わず聞き返した。

「そうよ。もう遊びにも飽《あ》きちゃったしね」

「もしかして、相手は相田さん？」

「そのつもりよ」

驚いた。彼はてっきり一時的な恋の相手とばかり思っていた。

「私もいろいろ考えたのよ。いろんな男と付き合って来たけれど、私みたいな女って、惚《ほ》れられるとうんざりしちゃうタイプなのね。一生付き合うなら、結局、彬みたいな淡々とした男がいちばんぴったりかもって」

「そう」

「それに、彼は近いうちに映画評論家として独立する予定なのね。そういう職業の妻っていうのも悪くないでしょう。芸能人なんかともお付き合いするようになるのよ。セレブの仲間入りよ。それに、彼はもともと資産家の息子でいずれ親の遺産も入ってくる予定だから、将来も安心だしね」

「おめでとう」

その言葉を口にする私の唇がぎこちなく震えている。

「ふふ、ありがとう。あなたもいい人を早く見つけなさいよ。まあ、こう言っては何だけど、あなたってあんまり男運がよさそうじゃないけど」

ついにその時が来たのだと思った。

祥子の鼻をあかす、その時が。

私は一度深く息を吸い込み、ゆっくりと口にした。

「実はね、私も結婚しようと思ってるの」

祥子の声が、一瞬、戸惑《とまど》った。

「あら、そうなの？」

「黙っていたんだけど、一年ほど前から付き合ってる人がいたの」

「へえ、そうだったの。言ってくれればよかったのに、水臭いわね。それで、相手ってどんな男？」

明らかに、声は興味と好奇に溢れている。

「普通の人よ、会社の同僚なの」

「そう」

「でも、私にはぴったりの相手だと思ってるわ」

「めずらしいわね、あなたが惚気《のろけ》るなんて」

「そんなわけじゃないけど」

「ねえ、会わせてよ」

祥子は言った。

そう来ることはわかっていた。もちろん、私はやんわり断った。

「ううん、とても祥子に会わせるような相手じゃないわ。相田さんに較《くら》べたら月とすっぽんだもの」

祥子は満足そうに付け加えた。

「いやね、そんなこと関係ないじゃない。その人と結婚するのは私じゃなくてあなたなんだから。そうだわ、近いうちに四人で食事でもしましょうよ」

「そうね……」

「いいじゃない、おめでたいことなんだから」

「ええ、そうね。いいわ、わかったわ」

「じゃあ早速セッティングしてよ」

はしゃいだ祥子の声が、砂のようにざらざらした感触で耳に残った。


そして、あれから二年がたつ。

私は結婚したが、相手は昌也ではない。昌也は祥子と結婚した。

思った通りだった。会わせたとたん、祥子は彬を捨て、あっさり昌也を奪っていった。

その素早さは、学生の頃、私から恋人を奪った時と同じだった。そうして、昌也もまた、あの時の彼と同じように、祥子に心を移した。

私は、ただぼんやりと成り行きを眺《なが》めていた。

ただ、ひとつだけ、あの時とは違うことがある。

それは、私が少しも落胆していないことだ。

なぜなら、私は最初からそのつもりで、昌也を祥子に紹介したからである。

会わせれば、祥子は必ず昌也が欲しくなる。

そんなことぐらい、とうにわかっていた。

もし、本当に昌也を渡したくないなら、私はどんなことがあっても、ふたりを会わせるようなことはしなかっただろう。

昌也と付き合い始めた頃、私は夢のような日々を過ごした。幸せだったし、このまま結婚できたら、と真剣に考えていた。

けれども、半年もすると昌也の本性が見えはじめた。男らしく精悍さに溢れる昌也は、一皮剝《む》けば、横暴で暴力的な男だった。那須高原に旅行に出掛けた時、ロッジの接客態度が気に食わないと不機嫌になったが、実はそれだけではなかった。ささいな口喧嘩《くちげんか》の末、私は昌也に殴られた。

あの時のショックをどう説明したらいいだろう。世の中に、本当に無抵抗の女を殴る男がいるという現実に、言葉を失った。

けれども、それだけで私は昌也を見切ったわけではなかった。よほど虫の居所が悪かったのだろうと、自分を納得させた。私はまだ昌也を愛していたし、信じていた。見た目もよく、人気の高い昌也を手放したくなかった。

ましてや、昌也が祥子のもっとも好きなタイプの男だということが、私から冷静さを奪い取っていたのだろう。昌也と結婚し、祥子に見せ付けてやりたい。その思いに、私は執着《しゅうちゃく》した。

殴られるのは、私が悪いからだ。気が利《き》かず、昌也を苛つかせるからだ。私が心を尽くせば、きっと出会った頃の昌也に戻ってくれる。私はただひたすら昌也に従った。昌也の機嫌をそこねないよう、殴られることのないよう、心を砕いた。

けれども、どれだけ従に徹しても、昌也の暴力は次第にエスカレートしていった。昌也と結婚しても、自分の人生を犠牲にするだけだ、と、気づいたのは、こんな噂を耳にした時だった。

昌也は前の会社でも恋人を殴り、告訴されて会社に留《とど》まれなくなったという前歴の持ち主だった。女性の方は頬骨と肋骨《ろっこつ》を骨折し、二ヶ月にわたって入院したという。それを聞いた時、さすがに体が震えた。祥子にどんなに自慢できるような恋人でも、一生を棒に振ることはできない。

けれども、別れを口にすると、昌也は激昂《げっこう》し、我を失ったかのように私を殴った。

「そんな勝手は許さない。おまえは黙って俺の言うことを聞いていればいいんだ」

三日間、会社を休まなければならないほど顔が腫《は》れ上がった。

私は恐怖と、自分の不運と、将来を思って泣いた。

どうしよう、どうすればいい。

私も告訴に踏み切ろうか。けれど、そんなことをしたらもっと昌也を刺激することになる。今の昌也なら、暴力どころか、何をするかわからない。いっそ田舎に帰ろうか。いや、執念深く追って来たら、両親たちにまで迷惑がかかる。

悩み、迷い、考え抜いた。そして、その挙句《あげく》、私の頭にひとつのアイデアが浮かんだ。

昌也は、祥子に押し付けよう。

その考えは、素晴らしいことのように思えた。それができれば一石二鳥ではないか。

祥子は必ず昌也に興味を持つ。昌也の方も、祥子に言い寄られればすぐに心を変えるだろう。そうすれば、私は面倒なく別れることができる。その上、今度は祥子が私と同じ目に遭《あ》わされる。私が何もしなくても、昌也が私の今までの鬱憤《うっぷん》を晴らしてくれるのだ。

そして、もうひとつ、そこに重なる思いがあった。

祥子に紹介された時から、私は彼女の恋人、相田彬に強く惹かれていた。知的で思慮深く物静かな彬は、私が昌也に壊され痛めつけられた心の中に緩《ゆる》やかに入り込んで来た。祥子の恋人である限り、手が届くはずがないことはわかっていた。けれど、祥子が彼を棄《す》てるなら、話は別だ。もともと、彬のような男は、祥子に合うわけがないのだ。

想像した通りだった。

祥子は昌也と会うと、瞬《また》く間に、彬から昌也に乗り換えた。その上、目前に三十歳を控《ひか》えていたせいもあり、半年足らずで、昌也と結婚してしまった。

それから一年後、私は彬と結婚した。

すべてのことは、怖いくらい、予定通りに運んだ。

「元気にしてる？」

電話の祥子の声には、険《けん》が含まれている。

連絡があったのは、祥子が昌也と結婚してからはじめてだ。

「ええ、まあまあよ」

答える私の声には、かつてのような卑屈さはない。もう、私は祥子に従属する存在ではない。

「まあまあってことは、幸せってこと？」

「どうかしら、幸せって難しいわ。これって形があるわけじゃないもの。祥子こそ、幸せなんでしょう」

「ええ、もちろん幸せよ」

祥子の言いたいことはわかっている。

そうと知っていたの？　それでいて私に彼を紹介したの？　最初からそのつもりだったの？　これは復讐なの？

でも、祥子が口にできるはずがない。

そんなことをしたら、負けを認めることになるからだ。ずっと、見下して来た従の存在の私から、スカを摑《つか》まされたなんて、主である祥子のプライドが許すはずがない。

「それで、彬は元気にしてる?」

「ええ、おかげさまで」

「映画評論家として独立したって聞いたけど、映画雑誌に名前が載《の》ってるのを見たことないわ」

「今、評論集を執筆中なの。それにかかりっきりだから、小さな仕事はみんな断っているの」

「ふうん」

「昌也さんは元気?」

「ええ、とっても。今、港区の再開発の仕事に取り掛かっているわ。プロジェクトひとつを全面的に任されて、もう大変」

「昌也さん、仕事はできるから」

そう、仕事だけは。

皮肉はちゃんと通じただろうか。

電話をこれ以上続けても、話題なんて何もなかった。そのことを、お互いよく知っていた。最後はどうでもいいようなお天気の話をして、電話を切った。

受話器から手を放して、私は小さく息を吐き出した。

すべてが思い通りに運んだはずだった。祥子にあの暴力男の昌也を押し付け、私は好きだった祥子の恋人、彬と結婚することができたのだ。私はもう、誰にも従属する必要はない。

「誰だったの？」

彬の声に私は振り返った。

「祥子よ」

「ああ、彼女か」

「懐《なつ》かしい？」

「別に。それより」

彬は改めて顔を向けた。

「テレビをもっと高画質のに替えないか。これじゃ観られたものじゃない」

私は黙った。

「古い映画を観たいんだ。特にヨーロッパのをね。画質が悪いと、微妙な雰囲気がわからないだろう」

新しいテレビなんて簡単に言うが、いったい誰がそのお金を払うと思っているのだ。

結婚してすぐ、彬は勤めていた出版社を辞めた。仕事を映画評論家一本に絞《しぼ》るためだ。その時、私は心から喜んだ。芸能人たちとのお付き合い、セレブの仲間入り。かつて耳にしたそんな言葉が頭の中を飛び回った。けれども、独立してもどこからも仕事の依頼はなかった。評論集を執筆すると本人は言っているが、まともに原稿に向かう姿も見たことはない。毎日、彬はただぶらぶらと無料の試写会をハシゴするばかりだった。

資産家の息子というのも、何の役にも立たなかった。彬は三男坊で、とうに実家から勘当されていた。

早い話、今の彬は無職同然であり、すべての生活は私が支えていた。はっきり言えば、彬はただのヒモでしかなかった。

あの時、私は祥子に勝ったと思った。

長く私を見下し、従属させてきた祥子の鼻を、これであかすことができたのだとほくそ笑んだ。

けれども、本当にそうだろうか。

「どうしてもテレビが欲しいんだよ」

彬はまるで駄々《だだ》っ子のように言う。

そんな彬の顔をぼんやり眺めながら、ふと、私は本当に、従から抜け出すことができたのだろうかと思った。

本書は二〇〇三年七月、小社より
四六判で刊行されたものです。

一〇〇字書評

切り取り線

購買動機（新聞、雑誌名を記入するか、あるいは○をつけてください）	
□（　　　　　　　　　　　）の広告を見て	
□（　　　　　　　　　　　）の書評を見て	
□ 知人のすすめで	□ タイトルに惹かれて
□ カバーがよかったから	□ 内容が面白そうだから
□ 好きな作家だから	□ 好きな分野の本だから

●本書で最も面白かった作品名をお書きください

●あなたのお好きな作家名をお書きください

●その他、ご要望がありましたらお書きください

住所	〒				
氏名		職業		年齢	
Eメール	※携帯には配信できません	新刊情報等のメール配信を希望する・しない			

あなたにお願い

この本の感想を、編集部までお寄せいただけたらありがたく存じます。今後の企画の参考にさせていただきます。Eメールでも結構です。

いただいた「一〇〇字書評」は、新聞・雑誌等に紹介させていただくことがあります。その場合はお礼として特製図書カードを差し上げます。

前ページの原稿用紙に書評をお書きの上、切り取り、左記までお送り下さい。宛先の住所は不要です。

なお、ご記入いただいたお名前、ご住所等は、書評紹介の事前了解、謝礼のお届けのためだけに利用し、そのほかの目的のために利用することはありません。またそのデータを六カ月を超えて保管することもありませんので、ご安心ください。

〒一〇一－八七〇一
祥伝社文庫編集長　加藤　淳
〇三（三二六五）二〇八〇
bunko@shodensha.co.jp

祥伝社文庫

上質のエンターテインメントを！　珠玉のエスプリを！

祥伝社文庫は創刊15周年を迎える2000年を機に、ここに新たな宣言をいたします。いつの世にも変わらない価値観、つまり「豊かな心」「深い知恵」「大きな楽しみ」に満ちた作品を厳選し、次代を拓く書下ろし作品を大胆に起用し、読者の皆様の心に響く文庫を目指します。どうぞご意見、ご希望を編集部までお寄せくださるよう、お願いいたします。

2000年1月1日　　　　祥伝社文庫編集部

Friends《フレンズ》　恋愛アンソロジー

平成17年9月5日　初版第1刷発行
平成20年8月30日　　第4刷発行

著者　安達《あだち》千夏《ちか》・江國《えくに》香織《かおり》
倉本《くらもと》由布《ゆう》・島村《しまむら》洋子《ようこ》
下川《しもかわ》香苗《かなえ》・谷村《たにむら》志穂《しほ》
前川《まえかわ》麻子《あさこ》・唯川《ゆいかわ》　恵《けい》
横森《よこもり》理香《りか》

発行者　深澤健一
発行所　祥《しょう》伝《でん》社《しゃ》
東京都千代田区神田神保町3-6-5
九段尚学ビル　〒101-8701
☎ 03(3265)2081(販売部)
☎ 03(3265)2080(編集部)
☎ 03(3265)3622(業務部)
印刷所　図書印刷
製本所　図書印刷

ISBN4-396-33243-2 C0193

祥伝社のホームページ・http://www.shodensha.co.jp/